S H A K E S P E A R E ' S C O M P L E T E W O R K S

겨울이야기

초판 1쇄 발행_2005년 4월 15일
초판 4쇄 발행_2005년 4월 22일

지은이_셰익스피어
옮긴이_이윤기 이다희
펴낸이_김영곤
책임편집_류혜정
기획편집_임병주 류혜정 김남철 임자영
영업·기획_정성진 안경찬 이종률 김진갑 이희영 박진모 유정희 이연정 박창숙
관리_이인규 이도형 김용진 고선미
제작_강근원 이영민
교정_임윤희
일러스트레이션_김은주
디자인_씨디자인

펴낸곳_(주)이끌리오 달궁
주소_경기도 파주시 교하읍 문발리 파주출판문화정보산업단지 500-11 (413-756)
전화번호_031-955-2100 팩스번호_031-955-2422
이메일_dalgoong@dalgoong.com 홈페이지_http://www.dalgoong.com
출판등록_2000년 4월 10일 제 16-1646호

ISBN 89-5877-101-1 03840
값 10,000원

SHAKESPEARE'S COMPLETE WORKS

겨울 이야기

THE WINTER'S TALE

윌리엄 셰익스피어 지음 | 이윤기 이다희 옮김

달궁

셰익스피어, '압축 파일' 풀기

"《장미의 이름》이라는 소설, 재미있다던데 읽어 보셨어요?"
"아뇨. 영화 나오기를 기다리고 있어요."

미국 사람들이 즐겨 하는 농담이다. 하지만 미국 사람들만 그런 것은 아닐 것이다. 두께가 베개만 해서 몇 날 며칠 읽어야 하는 원작보다는, 두어 시간 보면 끝나는 영화가 편하기는 하다. 책 읽기를 좋아하는 나 또한 그렇다. 이 농담을 처음 듣던 날, 나는 '들켜 버렸다'는 느낌 때문에 굉장히 머쓱했다.

그런데 영화 관객에게는 묘한 속성이 있다. 영화를 관람했을 뿐인데도 세월이 지나면 원작을 읽은 것으로 착각하는 속성이 그것이다. 셰익스피어의 작품으로 제작된 영화의 관객에게도 이런 속성이 있는 것으로 보인다. 영화 제작 기술이 발달하면서 영화가 성경 다음으로 눈독을 들인 것이 바로 셰익스피어의 작품이다. 그의 작품은 대부분 영화로 제작되었다. 물론 지금도 줄기차게 제작되고 있다. 셰익스피어 작품의 영화화가 얼마나 활발하게 진행되었는가 하면 《셰익스피어와 영상문화》(린다

부스외 편. 장원재 역)라는 책까지 있을 정도다. 덕분에 많은 사람들이 영화로 제작된 작품을 보고는 셰익스피어의 원작을 읽은 것으로 착각하는 듯하다. "셰익스피어는, 읽은 사람도 없고 안 읽은 사람도 없다."라는 말은 이렇게 해서 생긴 것 같다.

영어 책이 되었든 일본어 책이 되었든 닥치는 대로 읽던 중·고등학생 시절, 나는 셰익스피어를 읽으려고 노력을 무척 기울였다. 하지만 나는 셰익스피어를 뚫어 내지 못했다. 뚫어 낼 수가 없었다. 몇몇 작품을 읽고 감탄한 적은 있지만 셰익스피어가 그렇게 위대해 보이지는 않았다. 하지만 영화는 줄기차게 보았다.

그 시절 《겨울 이야기》도 읽었다. 하지만 나는 재미를 느낄 수 없었다. 대영제국이 오만불손하게도 "식민지 인도와도 바꿀 수 없다."라고 했을 만큼 위대하다는 극작가의 작품 앞에서 나는 쓰디쓴 좌절을 맛보지 않으면 안 되었다.

그리스의 신화를 공부하고 책을 쓰면서, 로마의 위인들에 대한 책을 읽고 신문과 잡지에다 글을 쓰면서, 비로소 나는 셰익스피어가 어째서 잘 읽히지 않았는지 그 까닭을 어렴풋이 짐작했다. 그리고 셰익스피어를 다시 읽기 시작했다. 내가 셰익스피어에 관심을 가지기 시작한 시점과, 그리스와 이탈리아를 집중적으로 여행하기 시작한 시점은 거의 일치한다.

그리스 여행 중에 있었던 일이다. 예술 대학에서 연극을 가

르치기도 하고, 고대 그리스의 희극과 비극을 손수 연출해서 여러 차례 무대에 올리기도 했던 한 친구가 나에게 그랬다. 자기가 제일 좋아하는 작품 《겨울 이야기》를 번역해 주면 제일 먼저 무대에 올리겠노라고. "그거, 재미없는데……." 싶었지만 귀국하는 즉시

윌리엄 셰익스피어

다시 읽어 보았다. 아, 이래서 셰익스피어였구나! 눈꺼풀에서 비늘이 한 겹 벗겨져 나가는 듯한 느낌을 맛보았다. 그동안 셰익스피어에 너무 무지했구나 싶었다. 나는 연극을 연출하는 그 친구에게 바로 전화를 걸어, 번역하겠노라고 했다. 그러자 그 친구는 곧 무대에 올리고 자신이 연출하겠노라고 했다. 이제 이렇게 새로 번역되었으니 내 친구는 이 작품을 무대에 올릴 것이다. 내 친구는 비운의 트로이아 왕비 헤카베 이야기를 다룬 연극 〈헤카베〉를, 신화의 본고장인 그리스의 올림피아에서 무대에 올리기도 했다.

어쨌든 이제 나는 셰익스피어와 화해한 것 같다. 영국이 셰익스피어를 그토록 아꼈던 까닭을 이제 나는 납득한 것 같다. 이제 나는 셰익스피어를 위대한 극작가로 승인한다. 셰익스피어를 전문적으로 연구한 영문학자가 아닌, 서양 고전을 좋아하는 소설가에 지나지 않는 나의 경험담을 소박하게 쓰기로 한 까닭이 여기에 있다.

소년 시절의 나는 왜 셰익스피어의 작품에 재미를 느끼지 못했을까? 소년 시절의 나는 호메로스가 그려 낸 장쾌하고도 미려한 서사시를 알지 못했다. 나는 오비디우스가 그려 낸 경쾌하고도 심오한 《변신 이야기》를 알지 못했다. 고대 그리스의 희극과 비극은 언감생심이었다. 나는 플루타르코스가 그려 낸 그리스와 로마의 영웅들과 위인들의 삶에 무지했다. 하지만 지금은 사정이 조금 다르다. 나는 호메로스의 《일리아스》와 《오뒤쎄이아》, 오비디우스의 《변신 이야기》를 번역했으며 《플루타르코스 영웅전》에 대해서는 신문에 한 해 동안 글을 쓰기도 했다. 그리스의 희극과 비극 책에는 나의 손때가 새카맣게 묻어 있다.

인류의 역사를 유쾌한 농담으로 잘 풀어내는 것으로 유명한 미국의 역사가 리처드 아머는 이렇게 쓰고 있다.

셰익스피어가 이 세상의 날빛을 처음 본 생가는 그때나 지금이나 같은 모습을 하고 있다. 달라진 것이 있기는 하다. 그때는 그냥 출입해도 좋았지만 지금은 입장료를 내야 한다는 것이다.

각주脚註 사족蛇足. 실제로 그가 태어난 곳은 생가가 아니라 박물관이었다. 그는 이 사실이 알려지는 것을 당혹스러워 했다. 그래

서 가까운 친구들 몇 사람만 그 사실을 알았다.

리처드 아머의 '사족'은 비아냥거림이다. '박물관에서 태어났다.'는 말은 셰익스피어가 고대 그리스와 로마의 고전을 어마어마하게 곁눈질했다는 뜻일 터이다. 셰익스피어와 동시대 시인, 극작가이자 가까운 친구이기도 했던 벤 존슨은 셰익스피어가 라틴어와 그리스어를 공부했다는 것을 인정한다. 찰스 램의 《셰익스피어 이야기들》 서문에서 엘리자베스 돈노는 이렇게 쓰고 있다.

비록 우리에게 셰익스피어가 받은 교육에 관한 기록은 없지만 고향 공립 중학교에 다니면서 정규 라틴어 교육은 받은 것으로 보인다. 학교 교육에서 문법, 논리학, 수사학이 강조되던 시절이어서 셰익스피어는 자연히 중요한 고대 로마 작가들의 작품을 읽었을 것이다. 그가 가장 좋아했던 작품 중 하나는 여러 차례 인용하고 인유한 것으로 보아 (《변신 이야기》의 작가) 오비디우스였던 것 같다. (……) 더 나아가 셰익스피어의 초기 작품 두 편은 고대 로마 작가인 플라우투스와 세네카의 작품을 모방한 것으로 보인다. (……) 1593년, 셰익스피어는 고대 로마 시인인 오비디우스의 시풍詩風을 모방한 《베누스와 아도니스》를 출판했다.

1598년 프랜시스 메레스는 당시의 영국 작가들을 고대 그리스와 로마의 작가들과 동일시함으로써 자국 작가들을 격려했는데, 셰익스피어에 대해서는, "달콤한 셰익스피어의 문장에서는 오비디우스의 감미롭고 재치 있는 영혼의 그림자가 어른거린다."라고 쓰고 있다.

공상과학 소설가로 유명한 아이작 아시모프는 신화에 관심

이 아주 많은 미국 작가다. 그는 《신화 속으로 떠나는 언어 여행》이라는 책에서 현대 영어 단어가 고대 신화에 얼마나 큰 빚을 지고 있는지 분석해 보여 주기도 했다. 《아시모프의 셰익스피어 길잡이》라는 매우 두꺼운 책에서는 셰익스피어 작품의 출처를 그리스, 로마, 이탈리아, 영국, 이렇게 나누기도 했다. 놀라운 것은 그의 관심이 고대 신화와 셰익스피어에 두루 미치고 있다는 점이다. 《아시모프의 셰익스피어 길잡이》는 셰익스피어 작품 가운데 25편을 세 갈래, 그러니까 '그리스 이야기를 다룬 희곡', 그리스의 영향을 깊고 넓게 받아들인 '로마 이야기를 다룬 희곡', 로마 제국의 계승자인 '이탈리아 이야기를 다룬 희곡'으로 나누고 있다. 영국 역사를 다룬 14편의 작품에 견주면 압도적으로 많은 숫자이다. 아시모프는 《겨울 이야기》를 비롯한 8편을 그리스 희곡, 《율리우스 카이사르》를 비롯한 5편을 로마 희곡, 《로미오와 줄리엣》을 비롯한 11편을 이탈리아 희곡으로 나누고 있다. 《로미오와 줄리엣》의 무대가 이탈리아이기는 하다. 하지만 나는 《로미오와 줄리엣》까지도 그리스나 로마풍 희곡에 편입시켰으면 좋겠다는 생각을 가지고 있다. 이 작품의 원형이라고 할 수 있는 〈퓌라모스와 티스베〉 이야기가 이미 그리스와 로마의 신화를 다룬 오비디우스의 《변신 이야기》에 실려 있기 때문이다.

《겨울 이야기》를 비롯한 그리스풍 작품을 읽자면 고대 그리스 신화를 알 필요가 있다. 호메로스의 《일리아스》, 《오뒤쎄이아》, 오비디우스의 《변신 이야기》, 베르길리우스의 《아이네이아스》의 안내를 받을 필요가 있다는 뜻이다. 《율리우스 카이사르》를 비롯한 로마풍 작품을 읽자면 플루타르코스('플루타크'는 영어식 이름)의 저 유명한 《플루타르코스 영웅전》의 안내를 받을 필요가 있다. 내가 아는 한 셰익스피어는 그리스와 로마의 신화, 그리고 그리스와 로마의 문화에 정통했던 작가이다.

그리스와 로마의 신화, 그리고 그리스와 로마의 문화를 모르고는 셰익스피어를 읽을 수 없다고 한다면 과장일 터이다. 하지만 신화와 문화를 알게 되면 셰익스피어를 읽는 데 많은 도움이 되는 것은 사실이다.

셰익스피어는 하늘에서 뚝 떨어진 작가가 아니다. 나는 셰익스피어를, 호메로스로부터 오비디우스, 베르길리우스 같은 신화 작가들, 소포클레스, 아이스퀼로스, 에우뤼피데스 같은 그리스 비극 작가들, 헤로도토스, 플루타르코스 같은 역사가들로부터 흘러온 길고 깊은 강이라고 생각한다. 도도하게 흐르는 서양

문학의 강이라고 생각한다. 셰익스피어를 읽는 일은 그 강으로 풍덩 뛰어드는 일이라고 생각한다.

그런데 어제오늘의 셰익스피어 번역에는 내가 동의하기 어려운 부분이 있다. 그리스와 로마 고유명사의 음역 문제이다. 그리스식, 로마식으로 음역하느냐, 영국식으로 음역하느냐, 하는 문제다. 셰익스피어 당시의 영국에서야 영국식으로 읽었을 것이다. 가령 '아시나', '디슈스', '허큘리즈', '센토'처럼 읽었을 것이라는 뜻이다. 우리는 어떤가? 위의 고유명사를 읽고 그 이미지를 떠올릴 수 있어야 하는데, 그리스와 로마의 신화를 꽤

아기 에로스를 등에 태운 켄타우로스. 프랑스 파리. 루브르 박물관. ⓒ Kwine Lee
소의 얼굴에 사람의 몸을 한 괴물 미노타우로스를 죽이는 영웅 테세우스. 프랑스 파리. 카루셀 공원.
ⓒ Kwine Lee

아는 사람도 떠올리기 어렵다. 영국식으로 읽었기 때문이다. '아테나', '테세우스', '헤라클레스', '켄타우로스', 이렇게 바꾸어 놓으니 어떤가? 정의로운 전쟁과 공업을 장려하는 아테나 여신, 괴물 미노타우로스를 죽인 테세우스, 어깨에는 사자 가죽을 걸치고 손에는 실팍한 올리브 나무 몽둥이를 든 영웅 헤라클레스, 사람의 윗몸에 말의 아랫몸을 한 반인반마半人半馬 켄타우로스가 떠오를 것이다.

로마식 고유명사에서도 같은 문제가 발생한다. '앤터니', '마시어스', '애그리퍼'는 어떤가? 이미지가 통 떠오르지 않는다. 《플루타르코스 영웅전》을 꽤 읽은 사람도 어떤 이미지를 떠올리기 어렵다.

로마식으로 바꾸어 보면 어떨까? 클레오파트라와의 사랑으로 유명한 장군 '안토니우스', 코리올리 전투에서 큰 승리를 거두었던 '카이우스 마르티우스', 지금까지도 미술학도들이 줄기차게 데생하는, 울퉁불퉁한 석고상 얼굴의 주인공인 '아그리파' 장군의 이미지가 떠오른다. 이런 이미지가 떠오를 때, 이런 이미지가 셰익스피어의 생각과 충돌하면서 새로운 이미지를 만들어 내는 것을 눈치 챌 때 나는 비로소 읽는 재미를 느낀다. 내가 그리스와 로마 신화에 등장하는 고유명사를 각각 그리스식, 로마식으로 음역해야 한다고 믿는 까닭이 여기에 있다.

우리 민족의 고전인 판소리 〈춘향가〉를 들으려면 약간의 사

《아이네이아스》는 트로이아 전쟁에서 패한 아이
네이아스 장군이 이탈리아 반도로 이주하기까지
치른 전쟁 이야기를 그 내용으로 한다.
《아이네이아스》의 저자 베르길리우스. 프랑스 파
리, 오르세 미술관. ⓒ Kwine Lee

아테나는 오늘날에도 줄기차게 사랑받는 여신이
다. 프랑스 파리, 뤽상부르 공원. ⓒ Kwine Lee

전 지식, 특히 중국의 신화 및 민담에 대한 소양이 있어야 한다. 가령 〈춘향가〉 들머리의, 이몽룡이 경치 좋은 곳을 찾는 대목의, 다음과 같은 가사를 보라.

　기산영수 별건곤에 소부허유 놀고…….

　'기산영수箕山潁水'와 '소부허유巢父許由'를 이해하지 못하면 이 대목의 재미를 느끼기 어렵다. 허유는, 고대 중국의 은자隱者 다. 전설적인 요堯 임금이 왕위를 물려주겠다고 허유에게 제안했 다. 허유는 왕위를 받기는커녕, 듣지 말아야 했을 소리를 들어 자기 귀만 더러워졌다면서 영수라는 강으로 달려가 귀를 씻었 다. 강 하류에서 소에게 물을 먹이던 소부가 귀 씻는 까닭을 묻 자 허유가 자초지종을 털어놓았다. 그러자 소부는 한술 더 떠서, 그런 더러운 물을 소에게 마시게 할 수 없다면서 소를 끌고 다른 강으로 가 버렸다. 이 두 사람은 기산으로 들어가서 숨었다.

　'기산영수'와 '소부허유'……. 흡사 '압축 파일' 같은 이 여 덟 글자의 내력을 아는 사람은 이 산과 강의 이름, 그리고 이 두 은자의 이름을 듣는 순간, 소박하면서도 강직했던 소부와 허유 의 우스꽝스러운 모습을 좌르륵 떠올리는 행복한 경험을 하게 되는데, 나는 이런 행복한 경험을 '압축 파일 풀기의 경험'이라 고 부른다.

실팍한 올리브 나
무 몽둥이와, 그 몽
둥이로 때려잡은
사자의 가죽(헤라
클레스의 상징)을
내려놓고 잠시 쉬
고 있는 〈지친 헤라
클레스〉. 이탈리아,
나폴리 국립 고고
학 박물관.
ⓒ Kwine Lee

셰익스피어의 작품, 특히 그리스와 로마 신화 및 민담과 관련이 있는 작품에는 이런 압축 파일이 밤하늘의 별처럼 점점이 박혀 있다. 나에게 셰익스피어를 읽는 일은 이 압축 파일을 푸는 일이다. 나에게 셰익스피어를 번역하는 일은 이렇게 풀어낸 압축 파일을 독자들에게 돌려주는 일이다.

2005년 3월

이윤기

겨울 이야기

THE WINTER'S TALE

PERSONS REPRESENTED
등장인물

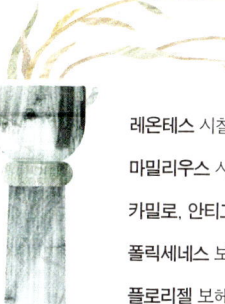

레온테스 시칠리아의 왕

마밀리우스 시칠리아의 어린 왕자

카밀로, 안티고누스, 클레오메네스, 디온 시칠리아의 네 신하들

폴릭세네스 보헤미아의 왕

플로리젤 보헤미아의 왕자

아르키다무스 보헤미아의 신하

양치기 노인 페르디타의 양부

시골 청년 양치기 노인의 아들

아우톨뤼코스 사기꾼

선원

옥사장

헤르미오네 레온테스의 비

페르디타 레온테스와 헤르미오네의 딸

파울리나 안티고누스의 아내

에밀리아 헤르미오네의 시녀

몹사, 도르카스 양치기 소녀들

신하들, 시종들, 시녀들, 관리들, 양치기 소년 소녀들

해설자로서의 시간

ACT 1

SCENE 1 〔시칠리아, 레온테스의 궁전〕

카밀로와 아르키다무스 등장.

아르키다무스 카밀로 경, 제가 전하를 수행하고 이곳에 왔듯이 경께서도 혹시 보헤미아에 오신다면, 이미 말씀드렸다시피, 보헤미아가 시칠리아와 매우 다르다는 것을 알게 되실 것입니다.

카밀로 제가 알기로 전하께서는 올 여름 보헤미아를 방문하고자 하십니다. 답례차 방문하는 것이 도리가 아니겠습니까.

아르키다무스 저희가 대접할 수 있는 것은 부끄러울 만큼 보잘것없으나 부족한 점은 정성으로 벌충하겠습니다. 물론……

카밀로 무슨 말씀을……

아르키다무스 제가 잘 아는 바라 자신 있게 말씀드릴 수 있습니다. 저희로서는 도저히 이토록 성대하고 이토록 진기한 잔칫상을 차릴 수는 없을 듯합니다. 글쎄요, 저희들은 그저 술이나 잔뜩 대접해야 할지. 취하여 주무시면 칭송은 못 하시더라도 흥은 못 보실 것이 아닙니까.

카밀로   과찬의 말씀이십니다. 변변치 못한 대접이었던 것을요.

아르키다무스   진심입니다. 제가 보고 느낀 대로 솔직히 말씀드리는 것뿐입니다.

카밀로   시칠리아 국왕께서 보헤미아 국왕 전하를 아무리 환대하신다 해도 그 대접은 모자랄 것입니다. 두 분께서는 어릴 때부터 함께 배우셔서 서로에 대한 애정이 마치 두 나무의 뒤엉킨 뿌리 같으니, 가지 또한 그럴 수밖에 없을 것입니다. 두 분 전하께서 각기 장성하신 뒤로는 바쁜 나랏일 때문에 자주 만나지 못하셨지만 선물과 편지와 사신을 교환함으로써 우정을 이어오셨으니, 비록 떨어져 계셨어도 함께하신 것과 같고 비록 세상의 양 끝에 계시어도 서로 부둥켜안고 있는 것이나 다름없습니다. 하늘이 두 분의 우정을 지키십니다.

아르키다무스   두 분의 우정을 해코지할 수 있는 어떤 악의도 변고도 이 세상에는 없을 테지요. 게다가 어린 마밀리우스 왕자가 계시니 든든하시겠습니다. 저는 저렇게 장래가 밝아 보이는 왕자는 뵌 적이 없습니다.

카밀로   저 역시 크게 기대하고 있습니다. 왕자님의 활기찬

모습은 백성들에게도 힘이 되고 있지요. 저분 태어나시기 전에 벌써 지팡이를 짚고 다니던 노인들이 저분 장성하신 모습을 보고 싶어하니까요.

아르키다무스 그 노인들, 왕자님이 안 계셨더라면 죽고 싶어할까요?

카밀로 그렇겠지요. 살고 싶어할 다른 핑계가 딱히 없다면요.

아르키다무스 만약 전하께 아들이 없었다면, 그 노인들, 왕자님 태어나시는 날까지 지팡이에 의지해서라도 살고 싶어했을 테지요. 〔퇴장〕

레온테스와 헤르미오네, 마밀리우스, 폴릭세네스, 카밀로 등장.

폴릭세네스 목동들이 달 차고 기우는 것을 아홉 번이나 보았을
테니 내가 자리를 비워 두고 홀가분하게 떠나온 지
도 벌써 아홉 달이나 되었군요. 형제여, 내가 보낸
세월이야 고마워하는 마음으로 채우면 되겠지만 내
가 진 빚은 영원히 갚을 수 없을 것입니다. '0' 이라
는 숫자는 미미하지만 다른 숫자 뒤에 붙으면 그 수
를 엄청나게 부풀리듯이, '고맙다' 는 나의 말 또한
그렇습니다. 수천 번 드린 고맙다는 인사에 다시
'고맙다' 는 인사를 덧붙입니다.

레온테스 고맙다는 말은 아껴 두었다가 떠날 때 하시지요.

폴릭세네스 내일 떠나려고 합니다. 보헤미아에 무슨 일이라도
있지 않을까, 혹 내가 없는 틈을 타서 누군가가 일
을 꾸미지는 않을까 걱정입니다. 조국에 칼바람이
불어 닥치면, "우려가 현실이 되었구나." 하고 후회
해 봐야 소용없는 일. 게다가 우리가 너무 오래 머
물러 전하께 폐만 끼쳤습니다.

레온테스	형제여, 우리의 우정은 깊고 깊어서 이 정도로 폐가 되지는 않아요.
폴릭세네스	더 머물 수는 없습니다.
레온테스	일곱 밤만 더 머무시지요.
폴릭세네스	정말 내일은 떠나야 합니다.
레온테스	그렇다면 서로 절반씩 양보합시다. 나도 그 이상은 물러설 수 없어요.
폴릭세네스	제발 부탁입니다. 이렇게 붙잡지 마십시오. 전하의 말씀만큼 내 마음을 쉬 움직일 수 있는 것은 이 세상에 없습니다. 없고말고요. 지금도 마찬가지입니다. 전하께서 말씀하신다면, 설사 들어 드릴 처지가 되지 못한다고 하더라도 저는 들어 드려야 합니다. 하지만 지금 나랏일이 저를 부르는데도 돌아가지 못하게 하신다면, 설사 우정에서 하시는 말씀이라고 하더라도 저에게는 채찍이 됩니다. 더 이상 머물러 봐야 전하께 짐만 될 터이니, 이제 작별하여 채찍도 피하고 짐도 내려놓고자 합니다.
레온테스	꿀 먹은 벙어리가 되었소, 왕비? 뭐라고 말 좀 해보시오.
헤르미오네	저는 아무 말씀도 드리지 않으려고 했습니다. 전하께서 폴릭세네스 전하로부터 머물지 않겠다는 맹세

를 받아 내기까지는요.

전하의 권유는 너무 냉담하십니다. 보헤미아에 아무 일 없다고 말씀드리시지요. 어제 그쪽에서 소식을 전해 오지 않았습니까. 그렇게 말씀하시면, 폴릭세네스 전하의 핑계도 소용없지 않겠습니까.

레온테스 옳은 말이오, 왕비.

헤르미오네 아드님이 그리워 떠난다 하시면 충분한 이유가 될 터이니 그리 말씀하시면 보내 드리십시오. 진심이 그러하다고 맹세까지 하신다면 붙잡기는커녕, 물레 가락으로 쫓아서라도 가시도록 해야 하지 않겠습니까.

〔레온테스, 멀찍이 물러선다.〕

감히 부탁드리겠습니다. 일주일만 전하를 빌려 주십시오. 저희 전하께서 보헤미아에 가시면 떠나기로 예정된 날짜보다 한 달 더 머무실 수 있도록 하겠습니다.

레온테스 전하, 그렇다고 제가 다른 여자들보다 전하를 사랑하는 마음이 덜한 것은 아니랍니다.

어쩌시겠습니까? 더 머물러 주시겠지요?

폴릭세네스 그럴 수가 없습니다.

헤르미오네 안 됩니다. 더 머무셔야 합니다.

폴릭세네스 진정 그럴 수 없습니다.

헤르미오네　진정이 그러하시다고요? 참으로 미약한 맹세로 저의 청을 거절하십니다만 하늘의 별을 딸 맹세를 하신다고 하더라도 저는 여전히 "전하, 가실 수 없습니다."라고 말씀드릴 것입니다. 가실 수 없습니다, 진정코. 대장부의 진정에만 힘이 있는 것이 아닙니다. 아녀자의 진정에도 힘이 있습니다. 이래도 가시겠습니까?

그렇다면 저는 전하를, 손님이 아닌 죄수로 이곳에다 묶어 두고, 떠나실 때는 감사의 인사가 아닌 돈을 받겠습니다. 어떻습니까? 죄수가 되시겠습니까, 아니면 손님이 되시겠습니까? 전하께서 '진정'이라고 말씀하신 대가로 둘 중에 하나를 택하셔야 합니다.

폴릭세네스　그렇다면 왕비의 손님이 되겠습니다. 죄수라고 하시면 제가 왕비께 죄를 지었다는 뜻인데, 그것은 제가 왕비로부터 벌을 받는 것보다 더 어려운 일이랍니다.

헤르미오네　그렇다면 저도 전하를 가두는 감옥의 간수가 아니라, 전하를 접대하는 친절한 안주인이 되겠습니다. 자, 이제 듣고 싶습니다.

두 분 전하께서는 어릴 적 짓궂은 장난을 치곤 하셨

다지요? 그때는 참 귀여운 분들이었겠습니다.

아름다운 왕비여, 우리는 오늘과 다른 내일이 오리라곤 상상도 하지 못했던 두 아이들이었습니다. 영원히 어린아이로 남으리라고 생각했지요.

두 분 중에서는 저희 전하께서 훨씬 더 짓궂지 않으셨습니까?

우리는 햇살 아래 뛰놀며 울어 대는 쌍둥이 양들과 같았지요. 우리가 서로 나눈 것은 순수하디순수한 마음이었고요. 우리는 죄악이라는 것을 알지 못했어요. 죄악을 저지르는 사람들이 있다는 것도 상상하지 못했답니다. 우리가 계속해서 그런 삶을 살 수 있었더라면, 우리들의 강력한 욕망이 연약한 정신을 부추기지 않았더라면, 우리는 하늘을 향해 결백을 외칠 수 있었을 것입니다. 태초부터 짊어지고 온 원죄로부터도.

듣고 보니 그 뒤로는 잘못도 더러 범하신 것 같군요.

귀하신 왕비여, 그 시절 이후로는 무수한 유혹과 맞닥뜨려야 했지요. 내 아내가 어린 소녀이던 그 시절 이후, 귀하신 왕비도 내 친구 레온테스를 만나지 못했던 그 시절 이후.

저런! 섣부른 결론은 안 됩니다. 자칫하면 귀하신

보헤미아 왕비와 제가 두 분을 유혹한 악마라는 소리로 들릴 테니까요. 하지만 계속하시지요.

[레온테스, 뒤에서 가만히 다가온다.] 저희 때문에 죄를 지으셨다면 저희가 책임을 져야겠지요. 저희 때문에 처음 죄를 지으셨고, 저희 때문에 계속해서 죄를 지으셨고, 다른 어떤 사람이 아닌, 오로지 저희로 인해서만 죄를 지으셨다면.

레온테스   아직도 꿈쩍하지 않소?

헤르미오네 더 머문다고 하십니다, 전하.

레온테스   내가 부탁할 때는 간다고 하더니. 사랑하는 헤르미오네, 그대가 한 말이 이토록 효과 만점이었을 때가 언제 있었던가 싶소.

헤르미오네 전혀 없었습니까?

레온테스   딱 한 번 있었소.

헤르미오네 아니, 이번 말고도 효과 만점이었을 때가 또 있었군요? 다른 한 번은 언제였지요? 부탁이니 말씀해 주세요. 칭찬으로 이 가슴을 살찌워 주세요. 잡아먹을 가축을 살찌우듯이. 한 가지 선행의 칭찬에 인색하면 천 가지 선행이 뒤따르지 못하는 법. 칭찬은 저희가 받는 보상. 다정한 입맞춤으로는 500리를 달릴 수 있는 말도 채찍질로는 10리를 달리게 하기 어럽지요.

본론으로 돌아가겠습니다. 제가 마지막으로 잘한 일은 전하를 설득하여 더 머무시게 한 것입니다. 처음으로 잘한 일은 무엇이지요? 제가 잘못 들은 것이 아니라면 제가 잘한 일에는 선례가 있다고, 그 선례의 이름이 있다고 하셨습니다. 아, 그 선례의 이름이 기품이었다면!

제가 이전에 말을 잘한 적이 단 한 번 있다고 하셨습니다. 언제였습니까? 알려 주십시오. 듣고 싶습니다.

폴릭세네스 그게 언제였는고 하니 사랑을 얻느라 석 달을 허송세월한 어느 날, 그대가 흰 손 활짝 펴고 내 사랑을 부여잡았을 때, 그때 그대는 "영원히 전하의 것입니다." 하지 않았소.

헤르미오네 그러고 보니 기품이 있었군요. 제가 잘한 말이 두 마디나 되는군요. 첫 번째 마디로는 임금을 지아비로 맞았고, 두 번째 마디로는 친구를 머물게 했으니.

〔폴릭세네스에게 손을 내민다.〕

레온테스 〔혼잣말로〕 뜨거워, 너무 뜨거워! 우정이 과열하면 핏빛 낭자한 욕정이 되는 법. 내 심장이 고동치는구나. 내 가슴이 출렁거리는구나. 하지만 기뻐서가 아니다. 기뻐서가 아니고말고. 저 친절은 순수하고 넉넉하고 너그럽고 자연스러워 왕비에게는 어울린다. 그러나 겉으로만 그렇구나. 저렇듯이 손을 어루만지며 손가락으로 희롱하고, 거울 앞에 앉은 것처럼 짐짓 보기 좋게 웃어 보이고, 사슴 사냥 끝을 알리는 나팔 소리보다 더 크게 한숨을 쉬는 것은, 그것은 내 마음에 들지 않는다. 바람난 아내의 서방 이마에는 뿔이 돋는다는데, 내 이마에도 뿔이 돋으려나?

마밀리우스, 너는 내 아들이지?

마밀리우스   네, 아버지.

레온테스   과연, 내 아들이다. 저런, 코에 뭘 묻히고 다니느냐? 다들 이 아이가 나를 쏙 빼닮았다고 한다. 자, 우리 장군, 중뿔나게 굴지 말아야 한다. 뿔 달린 짐승처럼 굴지 말라는 것이 아니다. 중뿔나게 굴지 말아야 한다는 뜻이다. 하긴 수소뿐만 아니라 어린 암소나 송아지 모두 뿔 달린 짐승들이구나. ─ 아직도 손을 만지작거리고 있는 것인가? ─ 우리 개구쟁이 송아지야. 넌 내 송아지가 맞지?

마밀리우스   아버지가 그렇게 말씀하신다면요.

레온테스   나처럼 머리카락도 헝클어지지 않았고 이마에 뿔도 솟지 않았으니, 너는 나와 같지는 않다. 그래도 여자들은 우리가 달걀처럼 서로 닮았다고 한다.

하기야 여자들에게 못할 말이 없지. 설령 여자들이, 상복 입고 나설 자리에 색동옷 입고 나서는 여편네 같이, 바람 같이, 물 같이 변덕스럽고, 내 것도 제 것이고 제 것도 제 것인 노름꾼의 주사위만큼 믿을 것이 못 되어도, 이 아이가 나를 닮았다는 것은 움직일 수 없는 사실.

아이야, 하늘색 두 눈으로 나를 보아라. 귀여운 내 아들아. 내 사랑! 내 핏줄! 네 어머니는 혹시? 그럴 리가 있겠느냐.

욕정이여, 그대의 뜻이 심장을 칼질하는구나. 불가능한 것도 가능하게 하고, 믿어지지 않게 꿈같은 것과도 소통하고, 실재하지 않는 것과도 수작하고, 공허와도 동무하는 그대가 이제는 실재하는 것과도 수작하는구나. 그것도 정도에 넘치게 수작하는구나. 바로 내 눈앞에서! 그러니 내 머리에 광증이 똬리를 틀고 내 이마에서는 뿔이 솟을 수밖에!

전하께서 왜 저러시지요?

좀 언짢아 보이십니다.

레온테스 왕, 좀 어떠신가요. 형제여, 괜찮으신가요? 매우 심난해 보이십니다. 노하셨습니까, 전하?

레온테스 아니요. 아무렇지도 않아요. 부모 자식간의 정은 어
리석기도 하고 여리기도 한 법입니다. 그래서 강심
장 앞에서는 웃음거리가 되기도 하지요. 이 아이 얼
굴을 보고 있자니, 23년 전의 내 모습을 보는 것 같
아요. 바지를 입는 대신 기다란 초록 겉옷을 걸치고
다녔지요. 어른들은, 겉옷 장식인 단검이 빠져 내가
다칠까봐 그것을 칼집에다 아주 고정시켜 버렸지
요. 장식이라는 게 위험할 경우가 더러 있어요. 그
시절의 나는 여기 있는 이 강아지, 이 애송이, 이 꼬
마 신사와 아주 똑같았지요.

정직한 우리 도련님, 돈을 주어야 할 사람이 달걀을
대신 주면 너는 받겠느냐?

마밀리우스 아닙니다, 전하. 싸우겠습니다.

레온테스 오냐, 복 많이 받아라. 그런데 형제여, 형제도 우리
처럼 어린 왕자에게 빠져 오금을 못 펴는지요?

폴릭세네스 내가 고향에 있으면 왕자는 내 모든 일과의 중심이
며 내 즐거움이요 또 유일한 관심사입니다. 때로는
우정을 맹세한 친구가 되기도 하고, 때로는 나의 적
이 되기도 하며, 나의 밥벌레이기도 하고, 나를 지키
는 병사, 나의 꾀주머니이기도 합니다. 요컨대 전부
인 것이지요. 왕자는 재롱을 피워 오뉴월 긴긴 해도

동지섣달의 짧은 해 같이 줄여 주기도 하고, 우울한 생각을 걷어 주어 울적해 할 틈도 없지요.

레온테스　내 곁을 지키는 이 꼬마 심부름꾼도 마찬가지랍니다. 자, 나는 이 아이와 둘이서 좀 걷겠습니다. 전하도 느긋하게 좀 걸으시지요.

헤르미오네, 내 형제를 즐겁게 하는 것 또한 나를 사랑하는 일이니, 시칠리아의 값진 것이라고 해서 아끼는 일이 없도록 하세요. 내, 그대와 어린 것 다음으로 소중하게 여기는 분이라오.

헤르미오네　폴릭세네스 전하와 제가 보이지 않거든 정원으로 오십시오. 정원에서 전하를 기다리는 것이 좋지 않겠습니까?

레온테스　두 분 좋을 대로 하세요, 내가 찾아낼 테니. 하늘 아래 있다면. 〔혼잣말로〕 오냐, 나는 지금 낚싯대를 드리우고 있다, 그대들은 내 낚싯줄이 어디에 있는지 모르겠지만. 너무하는구나, 해도 너무하는구나. 저자를 향해 주둥이를 쭉 내밀고 있는 저 꼴 좀 보라지. 오냐오냐 하는 서방 앞인 양 당당해하는 저 꼴 좀 보라지.　　〔폴릭세네스와 헤르미오네 퇴장〕

벌써 사라져 버렸구나. 명명백백하구나. 빠져도 푹 빠져 버린 것이 틀림없구나. 아이고, 내 신세. 마누라 바람나서 이마에도 귀에도 뿔이 돋은 내 신세.

아이야, 어서 가서 놀아라. 네 어미도 놀아나고, 나도 놀아난다. 하지만 나는 놀아나되 부끄럽게 놀아나니 죽는 날까지 웃음거리가 될 것이요, 비아냥거림과 질책이 내 장례식의 조종 소리가 될 것이다. 아이야, 어서 가서 놀아라. 나뿐이라면 심한 착각일 터이지만, 계집 바람난 지아비가 나뿐이겠느냐?

내가 이러는 바로 이 순간에도 수많은 서방들은 아내의 팔에 매달려 있다. 그렇게 매달려 있을 뿐, 저 없을 동안 아내라는 연못의 물이 빠지고, 이웃이 그 연못의 물고기를 잡아가고 있다는 것을 모른다. 그 이웃이 바로 늘 저에게 미소를 보내던 그 이웃이라는 것도 모른다. 그런 서방들이 있으니 위로가 되기는 한다. 다른 사내들에게도 아내라는 연못이 있다는 것, 그 연못의 수문이 내 연못의 수문처럼 활짝 열리고 말았다는 게 위로가 되기는 한다. 부정한 아내를 둔 사내들이라고 모두 절망한다면 세상 사내들 10분의 1은 목을 맬 것이다. 고칠 약이 없다. 부정한 마음이란 불길한 별 같아서 동서남북 비치지 않는 곳이 없으니, 결론은 이것. 여성의 아랫배는 지킬 방도가 없으니, 마음에 새겨야 할 터. 완전무

장한 적군이 들락거린들 누가 알겠는가. 수천 수만
이 나 같은 병에 걸리고도 걸린 줄을 모른다.

왜 그러느냐, 애야.

마밀리우스 제가 아바마마를 닮았다고 합니다.

레온테스 듣던 중 반가운 소리로구나.

아니, 카밀로. 자네가 거기 있는가?

카밀로 〔앞으로 나오며〕 부르셨습니까, 전하.

레온테스 마밀리우스, 가서 놀아라. 진짜 내 아들아.

〔마밀리우스 퇴장〕

카밀로, 보헤미아 왕께서 더 머물겠다고 하시네.

카밀로 닻을 내리게 하느라 애쓰셨습니다. 전하께서 던지
실 때는 번번이 허사가 되더니.

레온테스 눈치 챘는가?

카밀로 전하께서 간청하셨을 때는 나랏일을 핑계로 번번이
거절하시더니.

레온테스 자네도 그리 느꼈는가?

〔혼잣말로〕 이미 사람들의 입에 오르내리고 있구나.
"시칠리아의 왕이 어쩌고저쩌고."라고 수군거리며
소문을 내고 있겠구나. 퍼지다퍼지다 결국 내 귀로
돌아올 테지. 카밀로, 왕께서 어찌하여 더 머물기로
하셨는지 아는가?

카밀로	현숙하신 왕비마마께서 부탁하시자 더 머물기로 하셨습니다.
레온테스	그냥 '왕비마마'로 족하네. '현숙하다'는 말은 적절하게 써야 하는데 지금은 적절하지 않아. 자네 이외에 이 일에 대해 알고 있는 사람이 있는가? 자네는 총명한 사람이니 얼간이들보다 사태 파악이 빠를 터. 총명한 사람이 아니고서야 어찌 알 것인가? 멍청한 아랫것들이야 이 일을 어찌 알 것인가? 말해 보게.
카밀로	이 일이라니 어인 말씀이십니까요, 전하? 보헤미아의 국왕께서 여기 더 머물기로 하셨다는 것은 대개 알고 있는 듯합니다.
레온테스	그래?
카밀로	더 머무시게 되었다고요.
레온테스	그래, 그런데 어떻게?
카밀로	전하의 뜻과 현숙하신 왕비마마의 간청을 받아들이셨으니까요.
레온테스	받아들여? 왕비의 청을? 받아들인다? 그걸로 족하네. 카밀로, 나는 자네를 믿고 내 가슴 깊은 곳에 자리한 은밀한 얘기는 물론 지극히 사적인 얘기까지 자네에게 했네. 그래서 사제에게 털어놓은듯 가슴

이 후련했네. 자네와 헤어질 때면 새 사람이 된 듯했네. 그러나 나는 속은 것 같아. 자네의 충성심에, 아니 충성심을 가장한 겉모습에 속은 것 같아.

카밀로   당치도 않은 말씀이십니다, 전하!

레온테스   좀 더 따져 보자면 자네는 정직하지 못한 사람이네. 만일에 정직한 사람이라면 자네는 겁쟁이인 것이야. 겁쟁이는 솔직함을 불구로 만들어 진실로 향하지 못하게 만든다네. 그게 아니면 자네는 나의 전적인 신임을 받고 있는 신하로서 직무에 태만했거나 그것도 아니라면 어마어마한 판돈이 걸린 심각한 노름판을 한낱 장난으로 여기는 바보 천치라고밖에 볼 수 없네.

카밀로   인자하신 전하, 제가 태만하고 어리석고 겁이 많은 자인지도 모르겠습니다만 어느 누구도 이런 약점으로부터 자유로울 수는 없습니다. 사람의 태만함과 어리석음, 두려움은 셀 수 없이 많은 세상사 가운데 때때로 그 모습을 드러내기 마련입니다. 전하, 전하를 받드는 데 제가 단 한 번이라도 일부러 태만하게 군 적이 있다면 그것은 제 죄입니다. 제가 의도적으로 어리석게 군 적이 있다면 그것은 제가 주의를 기울이지 않아 상황의 심각성을 깨닫지 못했기 때문입니다. 제가 어떤 일을 하는데 그 일이 저를 필요로 하는 일임에도 불구하고 일의 결과가 두려워 겁을 내었다면, 그것은 가장 현명한 자들도 종종 범하게 되는 실수입니다. 전하, 이것은 정직한 자들도 피해 갈 수 없기에 허용되는 잘못입니다. 그러나 제발 부탁입니다, 전하. 좀 더 쉽게 말씀해 주십시오. 제 잘못이 무엇인지 분명하게 알 수 있게 해주십시오. 분명하게 말씀하시는 데도 제가 부정하면 그것은 저와 무관한 것으로 믿어 주십시오.

보지 않았는가, 카밀로. 아니, 묻고 자시고 할 것도 없지. 자네의 눈 껍질이, 바람난 여자 서방의 이마에 솟은 뿔보다 두껍지 않을 바에야 못 보았을 리 없지. 듣지 않았는가? 명백한 사실이 입 소문에 오르지 않을 리 없으니, 자네가 듣지 못했을 리 없지. 생각해 보지도 않았는가? 생각할 능력이 없는 사람이 아닐 테니 생각해 보지 않았을 리 없지. 내 아내가 부정을 저지르고 있다는 것을! 자네에게 눈도 귀도 생각도 없다면 모르겠지만 있다면 사실을 인정하게. 내 아내가 부정한 여자라는 것을. 아무나 가지고 노는 음란한 여자라는 것을. 약혼도 하기 전에 순결을 버리는 저 촌것들과 똑같다는 욕을 먹어도 싸다는 것을. 그리 말하게. 그리고 인정하게.

카밀로　다른 사람이 왕비마마의 명예를 이렇게 더럽혔다면 저는 그 자리에서 복수하지 않을 수 없었을 것입니다. 당치도 않습니다. 그러나 저는 다른 분도 아닌, 전하께서 이렇듯 함부로 말씀하시는 것은 본 적이 없습니다. 비록 그것이 사실이라고 하더라도, 조금 전의 말씀을 되풀이하시는 것은 그 사실에 못지않은 허물이 될 터입니다.

레온테스　저렇게 속삭이는 데도 아무 일이 아니란 말인가? 저렇게 기대어 뺨을 맞대는데도? 코를 비벼 대는데도? 저리 깊은 입맞춤을 하는데도? 깔깔대고 웃는가 하면 갑자기 한숨을 내쉬는데도? 그게 부정을 저지르고 있다는 증거인데도? 발을 포개어 아래위로 움직이는데도? 구석으로 숨어 다니는데도? 시간이 보다 빨리 가기를, 한 시간이 1분 같고 벌건 대낮이 오밤중이 되기를 바라는데도? 더러운 짓이 드러나지 않도록 사람들이 모두 눈병 나기를 바라는데도? 그래도 아무 일이 아니라는 것인가?

아니면 이 세상이, 이 세상 속 모든 것이 다 아무것도 아닐세. 머리 위를 덮고 있는 하늘도, 보헤미아도 아무것도 아니네. 내 아내도 아무것도 아니네. 아무

것도 아닌 것들로부터는 아무것도 나올 수 없는 법
이네. 이 일이 아무 일도 아니라면.

카밀로 　전하, 억측이십니다. 어서 잊으십시오. 매우 위험한
생각이십니다.

레온테스 　위험해도, 사실일세.

카밀로 　아닙니다. 그렇지 않습니다. 전하.

레온테스 　사실일세. 자네는 거짓말을 하고 있어, 거짓말을!
카밀로, 내가 보기에 자네는 거짓말을 하고 있네. 자
네가 싫어졌네. 천박한 촌뜨기, 지각없는 노예여, 옳
은 것 그른 것을 볼 줄 알면서도 간에 붙었다 쓸개에
붙었다 하는 기회주의자여! 마음이 병들었듯이 창
자에도 병이 든다면 내 아내가 죽는 것은 시간문제!

카밀로 　왕비마마를 병들게 한 사람이 누구입니까?

레온테스 　누구냐니, 바로 왕비를 목걸이 차듯이 목에 매달고
다니는 보헤미아 왕이 아니겠는가. 만약 내 밑에 충
직한 신하들이 있어서 나의 명예를 곧 저희들의 소
득, 저희들의 이익으로 알고, 그 안목으로 눈 부릅뜨
고 그것을 지켜 주었더라면 이런 일이 있었겠는가?
그리고 자네. 내가 미관말직에서 고관대작으로 올려
놓은 자네라면 하늘이 땅을 보고 땅이 하늘을 보듯
분명히 내가 당한 능욕을 헤아려 볼 수 있을 걸세.

그런 자네가 보헤미아 왕의 술시중을 드니 술잔에 독약을 타서 내 원수의 두 눈을 영원히 감겨 줄 수도 있는 것이 아닌가? 그 한잔의 술이 내겐 보약이 될 터이다.

카밀로   전하, 분부대로 할 수도 있고, 독약이 아니라 약효가 느린 약을 써서 결과가 처참하지 않게 할 수도 있습니다. 그러나 저는 현숙하신 왕비마마께서 그런 잘못을 저질렀다는 것을 믿을 수 없습니다. 저는 전하를 경애해 왔습니다만…….

레온테스   그 따위 의심이나 계속하려거든 지옥에나 가서 썩어 버려라! 자네는 내가 그토록 판단이 흐리고 정신이 나간 사람처럼 보이는가? 스스로 이런 고통을 지어 낼 만큼? 스스로 순백의 이부자리를 더럽힐 사람으로 보이는가. 이부자리란, 건사 잘하면 단잠의 보금 자리일 터이나, 더럽히면 작대기나 가시 덩굴이나 쐐기풀이나 땡벌의 독침으로 변하는 게 아니었던 가? 내가 그럴 사람으로 보이는가? 내 핏줄임에 분명한, 내가 사랑하는 아들, 나의 왕자에게까지 불명예를 안길 사람으로 보이는가? 충분한 이유도 없이? 내가 그럴 사람처럼 보이는가? 내가 어떻게 그렇게 정신 나간 짓을 할 수 있겠는가?

전하를 믿겠습니다. 그렇게 하겠습니다. 전하를 믿
고 보헤미아 왕에게 손을 쓰겠습니다. 손을 쓴 뒤에
는 전하께서 왕비마마를 다시 처음처럼 받아들여
주셔야 합니다. 왕자님을 위해서도 그러셔야 하고,
가깝게 여기시는 왕국의 백성들 입을 막기 위해서
도 그러셔야 합니다.

그렇지 않아도 그런 생각을 하는 참인데, 자네가 청
하는구나. 왕비의 명예에는 아무런, 아무런 오점도
남기지 않겠네.

전하, 그렇다면 가시지요. 여느 잔치에 나가시듯이,
밝은 얼굴로 폴릭세네스 전하와 왕비마마를 맞이하
십시오. 폴릭세네스 전하의 술시중드는 소임을 맡
은 제가 아무것도 섞지 않은 술을 가지고 나온다면,
저는 전하의 신하가 될 자격이 없습니다.

더 말할 것도 없네. 손을 쓰면 내 가슴의 반은 자네
차지가 될 것이나 손을 쓰지 않으면 자네 가슴은 반
토막이 될 것이네.

전하의 말씀을 따르겠습니다.

나는 자네가 권하는 대로 친근하게 굴어 보겠네.〔퇴장〕

아, 왕비마마가 가여우시구나! 그렇지만 내 처지는
또 어떻고? 어쩌면 좋다는 말인가?

나는 선량하신 폴릭세네스 전하를 독살함으로써 군주에 대한 충성을 다해야 한다. 이성을 잃고 판단력이 흐려지신 전하께서 아랫사람도 그렇게 만드시는구나. 전하의 말씀을 따르면 부귀영화를 누릴 수는 있을 테지. 신성한 군주를 시해하고 부귀영화를 누린 사람이 수천 명이 된다고 해도 나는 그러지 않으리라! 청동판에도 석판에도 양피지에도 그런 기록이 없으니, 이런 불상사는 일어나지 않을 것이다. 이제 나는 이 왕궁을 떠나는 수밖에 다른 도리가 없다. 왕명을 따르든 거역하든 내 목은 이 자리에 붙어 있지 않으리라. 이제는 내 운명을 하늘에 맡기는 수밖에.

폴릭세네스 전하께서 오시는군.

〔폴릭세네스 등장〕

폴릭세네스   이상한 일이네. 내가 이곳에서 받고 있는 대접이 달라지고 있다는 생각이 드네. 한마디 말도 없이 지나가다니?

안녕하시오, 카밀로 경.

카밀로   안녕하십니까, 전하!

폴릭세네스　왕궁에 무슨 일이 있소?

카밀로　특별한 일은 없습니다.

폴릭세네스　왕의 표정이 심상치 않소. 흡사 피와 살 같이 애지
중지하던 고을이나 영토를 잃은 사람의 표정 같았
소. 조금 전 왕과 지나치면서 인사라도 나누려 했는
데 왕께서 그냥 지나치셨소. 눈길을 피하시면서, 아
랫입술을 이죽거리시면서. 그래서 대체 왜 이러시
는 것일까, 생각해 보고 있는 중이오.

카밀로　저는 그 까닭을 안다고 감히 말씀드릴 수가 없습니
다, 전하.

폴릭세네스　감히 안다고 할 수 없다니? 모른다는 뜻이오? 아니
면 알고는 있는데 감히 말할 수 없다는 뜻이오? 똑
똑히 말해 보시오. 알면서 말하지 않는 것 같소만.
알면 알고 모르면 모르는 것이지, 감히 안다고 할
수 없다니. 카밀로 경, 그대의 달라진 얼굴빛이 거
울이 되어 달라진 내 얼굴을 비추는 것 같소. 나의
얼굴빛이 이렇듯이 변하는 것을 보면 나는 그 일과
무관하지 않은 모양이오.

카밀로　세상에는 사람의 이성을 잃게 하는 병이 있으나 저
는 그 병의 이름을 아직 모릅니다. 하지만 그 병은
아직은 건강하신 전하로부터 비롯되었습니다.

어떻게 나에게서 비롯되었다는 것이오? 내 눈빛이, 눈으로 불을 뿜는 저 바실리스크 같다고 하지는 마시오. 나는 무수한 사람들을 바라보았소만, 내 눈빛으로 복 받은 사람은 있을지언정 목숨을 잃은 사람은 없소.

그대는 진정한 귀족에다 배운 것도 많은 분이오. 배움은 부모로부터 물려받은 귀족의 혈통만큼이나 우리의 명예를 돋보이게 하는 법이오. 부탁이오. 내가 알아야 할 것을 그대가 알고 있다면, 진실을 은폐하지도 마시고 무지의 감옥에 가두지도 마시오.

대답할 수 없습니다.

병은 나로부터 비롯되었는데, 나는 멀쩡하다?

대답을 들어야 하오. 내 말 듣고 있소, 카밀로? 무릇 도리를 따르는 사람들에게는 지켜야 할 의무가 있는 법이오. 나의 요구에 응하는 일이 가볍지는 않을 것이오만, 명예가 인정하는 모든 의무에 의지해서 요구하는 바이오. 나에게 어떤 위험이 닥쳐오고 있소? 얼마나 멀리 또는 얼마나 가까이 있는지, 피할 수 있다면 어떻게 피하면 되는 것인지, 피할 수 없다면 어떻게 견뎌 내면 되는 것인지 내게 일러 주시오.

카밀로	제가 고귀하신 분으로 여기는 분께서 명예를 앞세워 요구하시니 말씀드리지요. 저의 말씀을 잘 들으시고 서둘러 따르셔야 합니다. 그렇지 않을 경우 전하와 저의 목숨은 그걸로 끝입니다. 이승과는 영영 이별인 것이지요.
폴릭세네스	계속하시오, 카밀로 경.
카밀로	저는 전하를 시해하라는 명령을 받았습니다.
폴릭세네스	누가 그런 명령을 내렸단 말이오?
카밀로	저희 전하께서 내리셨습니다.
폴릭세네스	무엇 때문에?
카밀로	전하께서는 생각해도 단단히 생각하시고, 두 눈으로 보신 듯이 확신하고 계십니다. 덮이라도 놓으신 듯이 확신하고 계시는 것이지요. 폴릭세네스 전하께서 망극하게도 왕비마마께 손을 대셨다고요.
폴릭세네스	만일에 그것이 사실이라면, 나의 흠 없는 이름에서 악취가 풍겨, 코 막힌 자까지 나를 피하게 된다 한들, 그들이 역사에서 읽은 질병보다 나를 더 끔찍하게 여긴다 한들, 내게 무슨 할 말이 있겠소?
카밀로	하늘에 뜬 별 하나하나, 그리고 그 별들의 힘을 두고 맹세하셔도, 레온테스 전하의 망상을 지울 수는 없습니다. 그분의 망상을 맹세로 지우거나 충언으

로 바로잡는 것은, 바다가 달에 복종하는 것을 금지하는 것보다 어려운 일입니다. 그분의 망상은 확신에서 온 것이라 그분의 육신이 살아 있는 한 변하지 않을 것입니다.

폴릭세네스 어떻게 이 지경까지 온 것이오?

카밀로 저도 잘 모르겠습니다. 그러나 원인을 묻기보다는 결과를 피하시는 것이 순서입니다. 혹 전하께서 이 몸속에 담겨 있는 진실을 믿어 주신다면 이 몸을 믿음의 증표로 삼아 오늘 밤 데리고 떠나십시오! 제가 전하의 신하들에게 이 일을 몰래 알려, 두셋씩 짝을 지어 성곽 뒷문을 통해 빠져나가도록 돕겠습니다. 저는 전하께 운명을 바치고 전하를 모시겠습니다. 제가 한 짓이 알려지면 이곳에서 저의 운명은 끝장입니다. 머뭇거리시면 안 됩니다. 저는 부모님의 명예를 걸고 진실을 말씀드렸습니다. 그러나 전하께서 사실 여부를 확인하고자 하신다면 저는 지금까지 한 말을 부인하겠습니다. 사실 여부를 확인하고자 하시면 전하께서도 온전하지 못하실 것입니다. 이는 레온테스 전하께서 단지 말씀으로만 전하를 비난한 것이 아니기 때문입니다. 전하의 안위는, 사형 선고를 받은 죄인보다 더 위태롭습니다.

그대 말을 믿소. 왕의 얼굴에 씌어 있었소. 손을 이리 주시오. 날 인도해 주시오. 그리하면 그대를 언제나 내 가까이 두겠소. 배는 이미 준비되어 있고 내 신하들은 이틀 전부터 귀국할 준비를 하고 있었소. 왕의 질투는 고귀한 분 때문에 비롯된 것이오. 왕비는 참으로 특별한 분이니 왕의 질투 또한 특별할 수밖에 없고, 왕은 힘 있는 분이니 복수는 가혹할 테지요. 우정을 맹세했던 사람으로부터 배신을 당했다고 생각한다면 복수는 잔혹해질 테지요. 두렵군요. 한시바삐 떠났으면 좋겠소. 왕으로부터 의심을 받고 계시나 그럴 까닭이 없는 분이니, 이로써 현숙하신 왕비께서 평화를 되찾을 수 있다면 좋겠소. 자, 카밀로 경, 나의 목숨을 살려준다면 그대를 아버지처럼 받들겠소. 어서 떠납시다!

성곽 뒷문의 모든 열쇠를 관리하는 것은 저의 소임입니다. 전하, 한시바삐 피하셔야 합니다. 자, 어서 가시지요, 전하.　　　　　　　　　　　　　　　〔퇴장〕

ACT 2

헤르미오네와 마밀리우스, 시녀들 등장.

헤르미오네   왕자를 좀 데려가라. 나를 아주 못살게 구는구나.
당해 낼 수가 없다.

시녀 1   〔마밀리우스를 데려가면서〕 이리 오세요, 왕자님. 제가
놀이동무 해 드릴까요?

마밀리우스   싫어, 너랑은 아무것도 하기 싫어.

시녀 1   왜 그러시는데요, 착한 우리 왕자님?

마밀리우스   너무 세게 입 맞추니까. 너는 내가 아직도 아기인
것처럼 굴 거잖아. 난 네가 더 좋아.

시녀 2   뭐가 좋으신데요, 왕자님?

마밀리우스   네 눈썹이 더 검어서 그런 건 아니야. 그런데 검은
눈썹이 정말 잘 어울리는 사람도 있다며? 숱이 너무
많아도 곤란하지만, 연필로 그린 반달꼴이면 좋지.

시녀 2   그런 건 어디서 배우셨어요?

마밀리우스   여자들 얼굴을 보고 배웠지. 말해 줘, 네 눈썹은 무
슨 색깔이야?

시녀 1   파란색이지요, 왕자님.

57

마밀리우스	장난치지 마라. 여자 코가 파란 건 봤어도 눈썹이 파란 건 못 봤어.
시녀 1	제 말 좀 들어 보세요. 하루가 다르게 왕비마마 배가 불러 오고 있습니다. 조금만 있으면 저희들도 멋진 새 왕자님를 모시게 될 텐데, 그때가 되면 왕자님 놀이동무가 되어 드리는 건 저희 마음에 달려 있답니다.
시녀 2	요즘 들어 부쩍 배가 부르셨습니다. 순산하신다면 얼마나 좋을까요?
헤르미오네	(시녀들을 부르면서) 무슨 이야기를 하고 있는 게냐? 이리 오너라, 왕자. 다시 어미한테로 오너라. 부디 우리 옆에 앉아서 이야기를 들려주렴.
마밀리우스	슬픈 이야기 아니면 기쁜 이야기?
헤르미오네	네 마음대로.
마밀리우스	겨울에는 슬픈 이야기가 좋아요. 귀신과 도깨비가 나오는 이야기가 있어요.
헤르미오네	그럼 그걸 들어 보자꾸나. 어서 와 앉아. 어서 네 귀신 이야기로 어미를 무섭게 해주렴. 너 그런 거 잘하잖니.
마밀리우스	한 남자가 있었는데요.
헤르미오네	아니, 이리 와 앉아서 계속해.

〔마밀리우스, 앉는다.〕

마밀리우스   공동묘지 옆에 살았대요. 조용히 이야기할게요. 저기 귀뚜라미처럼 시끄러운 여자들이 못 듣게.

헤르미오네   그럼 이리 와서 내 귀에 대고 말하렴. 〔속삭인다.〕

〔레온테스, 안티고누스와 다른 신하들,

호위병 하나, 그리고 그밖의 인물들이 함께 등장〕

레온테스   거기서 만났더란 말인가? 신하들과 함께 있던가? 카밀로는?

신하   소나무 숲 뒤에서 만났습니다. 그렇게 서두르는 사람들은 처음 보았습니다. 저는 그들이 배에 오를 때까지 눈을 떼지 않았습니다.

레온테스   내가 봐도 놀랍구나! 정확한 나의 판단이, 틀림없는 나의 예감이! 차라리 몰랐다면 좋았을 것을! 내가 저주를 받아 알게 되었구나! 독거미가 빠진 술을 마시고도 온전할 수 있다. 이는 독거미가 빠졌다는 것을 알지 못했기 때문이다. 그러나 누가 독거미를 보여 주고, 그런 거미가 든 술을 마셨다고 하면, 마신 사람은 목구멍과 옆구리가 터지도록 구역질을 할 것이다. 나는 술을 마셨고 거미를 보았구나.

카밀로가 폴릭세네스 왕을 도와준 것이다. 왕을 탈주시킨 자인 것이다. 내 목숨과 내 왕관을 노리는 음모가 있었구나. 의심했던 모든 것이 사실이다. 내가 등용한 저 악당이 사실은 보헤미아 왕의 졸개였구나. 그놈이 나의 생각을 폭로했고 이로써 나는 웃음거리가 되었다. 그래, 그놈이 나를 가지고 놀아 버린 것이다. 성곽 뒷문은 어찌 그리 쉽게 열렸는가?

신하 　카밀로 경의 막강한 말 한마디로 그리되었습니다. 전하께서 카밀로 경에게 권한을 위임하신 터라 경의 말에 복종한 것입니다.

레온테스 　그건 나도 잘 알고 있네.

[헤르미오네에게] 왕자를 이리 내놓으시오. 모유를 안 먹인 것이 다행이오. 나와 닮은 점도 있긴 하지만, 그래도 그대의 피가 너무 많이 섞여 있는 것 같소.

헤르미오네 　왜 이러십니까? 저를 놀리시는 것입니까?

레온테스 　왕자를 데려가라. 왕비 곁에 오지 못하게 하라. 어서 데려가! 왕비는 뱃속에 든 것이나 데리고 놀면 된다. 왕비의 배를 저렇게 부르게 한 것은 폴릭세네스가 틀림없을 테니.

[신하들이 마밀리우스를 데리고 나간다.]

그분은 그러신 적이 없습니다. 전하께서 그렇게 생각하셨다고 하더라도, 제가 아니라고 하면 믿어 주시겠지요.

경들, 왕비를 잘 보게. 눈 씻고 잘 보게. "아름다운 왕비마마"라고 부를 것이로되, 그대들 양심은 "정숙하지도 현숙하지도 못한 것이 흠이로구나." 이렇게 덧붙이고 싶을 테지.

왕비의 겉모습을 찬양하는 것은 좋은 일이네. 근거가 조금도 없는 찬양은 아니니까. 그러나 돌아서서는 금방 어깨를 으쓱거리거나 수군대거나 콧방귀를 뀌며 비방의 낙인을 찍을 것이다. 아, 비방의 낙인이라니, 내가 말실수를 했구나. 비방의 낙인이 아니다. 용서의 낙인이다. 비방의 낙인은 정숙한 여자에게도 찍을 수 있는 것이 아니던가?

하여튼 그대들은 "아름다운 왕비"라고 부르고는 어깨를 으쓱거리거나 수군대거나 콧방귀를 뀌어라. 그러나 "정숙한 왕비"라는 말은 말아라. 잘 들어 두어. 이 일로 가장 고통 받아야 했던 내가 하는 말이니. 왕비는 간통한 여인이야.

악당이 그런 소리를 했다고 하면, 세상에 없는 악당이 그런 소리를 했다고 하면, 그 말 한마디로 몇 갑

절 더한 악당이 되었을 것입니다. 전하께서는 잘못 알고 계십니다.

레온테스

아니, 그대야말로 잘못 알았소. 폴릭세네스를 레온테스로 잘못 알았던 것이오. 이런 딱한 사람 같으니! 그대와 같은 잘못을 저지른 여자들을 칭하는 이름이 따로 있지만 그 야비한 이름으로 부르지는 않겠소. 내가 모범을 보이지 않으면, 위아래 없이 같은 투로 말하고, 이로써 귀족과 거렁뱅이를 가르는 몸가짐의 구분이 없어질까 두렵소. 나는 이미 말했소, 왕비가 간통했다고. 그 상대가 누구인지도 이미 밝혔소. 게다가 왕비는 반역자요. 카밀로와도 한통속이었소. 카밀로는 알고 있었소. 간통 상대만 알고 있었다고 해도 왕비 자신조차 부끄러워했을 일을 카밀로는 알고 있었소. 왕비가 잠자리를 더럽혔다는 사실, 비천한 사람들의 입에 오를 야비한 이름으로 불려야 마땅하다는 것을 카밀로는 알고 있었소. 카밀로는 이번 탈출 사건에 대해서도 알고 있었소.

헤르미오네

아닙니다. 목숨을 걸고 말씀드립니다만, 그런 일은 없었습니다.

전하께서 모든 사실을 명확히 알게 되시면 이렇게

저를 공개적으로 비난하신 것에 대하여 매우 후회하실 것입니다! 그때가 되어 전하의 실수였다고 말씀을 하셔도 제 명예를 바로잡기는 힘들 것입니다.

레온테스 천만에. 내 믿음의 근거에 잘못이 있다면, 이 땅은 한 아이가 돌리는 팽이 하나도 받쳐 줄 수 없을 것이오. 이 여자를 감옥에 가두어라. 이 여자를 두둔하는 자는, 두둔했다는 사실 하나만으로도 죄인으로 여길 것이다!

헤르미오네 불길한 별의 기운이 우세한 것임에 분명하다. 아무래도 별들의 운행이 제자리를 잡을 때를 기다리는 수밖에 없다.

여러분, 저는 다른 여자들과 달리 눈물이 많지 않습니다. 헛된 이슬에 젖지 않은 이 눈이 여러분의 연민을 메마르게 할지도 모르겠습니다. 그러나 억울한 심정이 이 가슴을 불태우고 있어, 눈물에 빠져 허우적거리는 것보다 더 고통스럽습니다. 부탁입니다. 연민이 여러분을 인도하듯이, 분별로써 저를 판단해 주시기 바랍니다. 이제 왕명을 따르겠습니다.

레온테스 〔호위병에게〕 무엇하느냐? 시행하지 않고?

헤르미오네 나와 같이 갈 사람 누구냐?

전하, 시녀들을 데리고 갈 수 있도록 허락해 주십시

오. 보시다시피 곤경에 빠진 저에겐 이들이 필요합니다.

울지 마라, 딱한 것들아. 슬퍼할 이유가 없다. 주인이 감옥에 갇힐 만한 짓을 한 것으로 밝혀지거든, 내가 풀려날 때, 그때 울고불고 하여라. 하지만 내가 겪고 있는 이 시련은 나의 결백을 밝히기 위한 것이다.

안녕히 계시지요, 전하. 전하께서 상심하시는 모습을 보고 싶어한 적은 없습니다. 하지만 이번에는 곧 보게 될 것 같군요.

애들아, 가자, 승낙은 떨어졌으니.

레온테스   [호위병에게] 어서 시행하라, 당장!

                              [왕비가 근위병들에게 둘러싸여 시녀들과 함께 퇴장]

신하   통촉하여 주십시오, 전하. 왕비마마를 다시 부르십시오.

안티고누스   전하, 부디 잘 생각해 보고 결정하십시오. 전하께서 바로잡고자 하신 결정이 폭력에 지나지 않을까봐 두렵습니다. 그러면 존귀하신 세 분께서 고통 받게 됩니다. 바로 전하 자신과 왕비마마, 그리고 왕자님이십니다.

신하   전하, 왕비마마를 위해 목숨을 걸고 간청드립니다.

전하께서는 의심하시지만, 왕비마마께서는 하늘을 우러러 부끄러움이 없고 전하께 죄를 지은 일도 없습니다.

안티고누스 　만일에 왕비마마의 부정이 사실로 밝혀진다면, 저는 제 아내를 암말처럼 마구간에 가두어 놓고 그 옆에 붙어 있겠습니다. 옆에 두고 보고 쓰다듬을 수 있어야 안심할 수 있지 않겠습니까? 만일에 왕비마마께서 결백하지 않으시다면 이 세상 여자들 모두 결백하지 못할 것입니다. 이 세상 여자들의 살점 자체가 오점일 것입니다.

레온테스 　닥치게.

신하 　전하.

안티고누스 　저 자신을 위해서가 아니라 전하를 위해 드리는 말씀입니다. 전하께서는 속고 계십니다. 천벌을 받아 마땅한 사기꾼에게 속고 계십니다. 그 사기꾼이 누구인지 안다면 지금이라도 천벌을 안길 것입니다. 왕비마마의 명예가 더럽혀진 것이 사실이라면, 저의 세 딸도 그냥 두지 않을 것입니다. 맏이는 열한 살, 둘째는 아홉 살, 막내는 다섯 살입니다만, 사실이라면, 그것이 진정 사실이라면, 그것들을 모두 불구자로 만들어 열네 살이 되어도 사생아를 낳지 못

하게 하겠습니다. 세 딸이 제 유산의 상속자들입니
다만, 적자를 생산하지 못할 바에는 제 손으로 대를
끊어 버리겠습니다.

레온테스 그만하게, 그만! 자네 코는 이 사태의 냄새를 맡지
못하니 죽은 사람의 코와 다름이 없네. 허나 나는
볼 수도 있고 느낄 수도 있으니 내가 이렇게 꼬집으
면 자네가 느낄 수 있고 내 손가락을 볼 수 있는 것
과 다름없네.

안티고누스 그렇다면 정절을 지킨 여자들의 묘지는 필요없겠습
니다. 이 하찮은 땅덩어리를 정화해 줄 정절과 지조
는 조금도 없을 테니까요.

레온테스 아니, 내 말을 믿지 못하겠다는 것인가?

신하 못 믿는 것이 아닙니다. 전하의 말씀이 믿어지지 않
았으면 더 좋겠습니다. 전하의 의심보다는 왕비마
마의 결백이 진실이었으면 좋겠습니다. 전하께서
비난의 대상이 되는 한이 있더라도 왕비마마의 결
백이 진실이었으면 좋겠습니다.

레온테스 아니, 내가 뭣하러 그대들과 의논을 하고 있는지 모
르겠네. 오로지 틀림없는 나의 직관을 좇으면 되는
것을. 절대 왕권을 가진 군주로서 애초부터 그대들
의 의견을 받아들일 필요는 없었네. 단지 내가 관대

하여 그대들에게 왕비의 진실을 말해 준 것뿐일세. 그대들이 정녕 이해 못하는 것인지 아니면 단지 그런 척하는 것인지 알 수 없지만, 내가 말한 진실을 인정하지 않고 노력도 않는다면 이걸 알아 두게. 나는 더 이상 그대들의 조언이 필요하지 않다네. 이 문제에 관한 득과 실 그리고 결단은 전적으로 내게 달려 있네.

안티고누스   그렇다면 간청합니다, 전하. 심판을 하시되 더 이상 많은 사람들에게 알리지 마시고 소리 없이 하십시오.

레온테스   말도 안 되는 소리! 자네는 노망이 들었거나 타고난 바보이거나 둘 중 하나임이 틀림없네. 먼저 카밀로의 탈주, 그리고 드러내어 놓고 히히거린 두 사람! 이 둘의 관계는 명명백백한 사실이니, 목격되지 않았을 뿐 정황 증거로 입증될 수 있으니, 이런 처분을 내리는 수밖에 없지 않은가?

그러나 이렇게 중차대한 일을 경솔하게 처리할 수는 없는 일, 그래서 내 이미 서둘러 클레오메네스와 디온을 신성한 델포스에 있는 아폴론 신전으로 보냈네. 그대들도 잘 알다시피 두 사람은 충분한 자격이 있지 않은가. 자, 이제 그들이 제사장들로부터 신실을 받아 가시고 올 것이네. 신탁을 받아 본 연후에 나는 다음 행동으로 들어갈 것이니, 이만하면 적절한 조치가 아닌가?

신하　잘하셨습니다, 전하.

래온테스　나는 확신하고 있어서 더 이상 알고 싶은 것도 없지만, 신탁은 진실을 믿으려 하지 않는 어리석은 자들에게 믿음을 줄 것이네. 내가 왕비를 감금한 것은 나로부터 왕비를 격리시키기 위함이네. 도주한 두 놈이 하지 못한 일을 왕비가 할까 두려워 그렇게 한 것일세. 나를 따르게. 백성들에게 공표할 테니까. 백성들, 들고일어날 것이네.

안티고누스　〔혼잣말로〕 진실이 밝혀지면, 코웃음 치며 들고일어날 테지.　　　　　　　　　　　　　　　　　　　　〔퇴장〕

〔시칠리아의 감옥〕

파울리나와 시종들 등장.

파울리나   감옥을 지키는 간수를 불러 주게. 내가 누구인지 알려 주게. 〔시종, 문 쪽으로 향한다.〕 마마, 유럽의 어떤 궁전도 마마께는 부족할 터인데, 감옥살이가 웬 말입니까?

〔옥사장 등장〕

자네, 내가 누군지 알고 있지, 그렇지?

옥사장   지체 높은 부인이시며, 제가 매우 존경하는 분이십니다.

파울리나   그렇다면 부탁이니 왕비마마께 데려다 주게.

옥사장   마님, 그럴 수는 없습니다. 그러면 안 된다는 엄명이 있었습니다.

파울리나   이런 세상에. 결백하신 마마, 지엄하신 마마를 가두어 놓고 이렇게 지체 높은 손님의 접견을 금지하다니! 그러면 마마의 시녀들을 만나는 것은 괜찮은

가? 하나라도? 에밀리아는 어떤가?

옥사장　　그렇다면 부탁입니다. 마님. 시종들을 물리십시오.
제가 에밀리아를 데려오겠습니다.

파울리나　　부탁하네, 데려와 주게.
물러가 있게.

〔시종들 물러선다.〕

옥사장　　또 있습니다. 부인. 두 분이 만나는 자리에 제가 있
어야만 합니다.

파울리나　　알았네, 그리하게.　　　　　〔옥사장 퇴장〕
난리법석을 떠는군. 하기야 결백한 사람 얼굴에다
물감으로 떡칠하는 게 어찌 쉬운 일이겠는가!

〔옥사장이 에밀리아와 함께 등장〕

그래, 여보게, 마마께선 어찌 하고 계신가?

에밀리아　　귀하신 분이 이토록 험한 일을 당하시고도 잘 견디
고 계십니다. 하지만 그렇게 잘 견디시는 분도 이런
공포와 슬픔은 일찍이 겪어 보신 적이 없는지라, 예
정일보다 앞당겨 해산하셨습니다.

파울리나　　왕자인가?

에밀리아　　예쁜 공주입니다. 생기 넘칩니다. 마마께서는 아기

덕분에 평정을 되찾으시고는, "이 딱한 죄인아, 나
도 너처럼 결백하단다." 이러십니다.

파울리나 암, 결백하시고말고.

전하의, 이 위험한 광기가 원망스럽구나. 전하께서
꼭 알아야 할 이 소식을 알리는 임무는 여자에게 가
장 잘 어울린다. 내가 직접 하리라.

내가 전하 앞에서 입에 발린 소리를 한다면, 내 혀에
바늘이 돋아, 불길 같은 이 분노를 토해 내는 나팔수
노릇, 더 이상 못할 것이네. 부탁이 있네, 에밀리아.
마마께 나의 충성을 전하게. 그리고 마마께서 감히
아기씨를 내게 맡겨 주신다면, 내가 전하께 보이고
최선을 다해 마마를 변호해 보겠노라고 전해 주게.
전하께서 아기씨를 보고 얼마나 누그러지실지 그것
은 나도 모르네. 하지만 웅변이 힘을 쓰지 못하면 침
묵이 설득할 수도 있는 법.

에밀리아 귀하신 마님, 마님의 영예로움과 후덕하심은 세상
이 다 아는 일입니다. 마님께서 나서신다면 잘될 것
입니다. 마님만큼 이 일에 적격이신 분은 없을 것입
니다. 마님께서 괜찮으시다면 잠시 안쪽으로 와 계
십시오. 저는 서둘러 마마께 마님의 정성 어린 말씀
을 전하겠습니다. 마마께서도 오늘 그 생각을 하셨

으나, 거절당할까 두려워 전하를 설득해 달라고 어느 누구에게도 차마 부탁하지 못하셨습니다.

파울리나　마마께 전해 주시게, 에밀리아. 내가 혀를 좀 놀릴 것이라고. 가슴에서 용기가 용솟음치듯이 혀에서 지혜가 용솟음치면, 일이 제대로 좀 풀리지 않겠나.

에밀리아　마님, 부디 소원 성취하십시오. 저는 이만 마마께 가 보겠습니다. 이리 좀 가까이 오시지요.

옥사장　마님, 왕비마마께서 아기를 내보내고자 하시오나, 아무 권한 없는 제가 아기를 내보낸다면 어떤 화를 당할지 모릅니다.

파울리나　자네는 걱정 말게. 아기씨는 자궁에 갇혀 있다가 자연의 순리에 따라 풀려났으니, 국왕 전하의 노여움과는 관계가 없고, 설사 왕비마마께 죄가 있다고 하더라도 그 죄와는 아무 관계가 없네.

옥사장　마님의 말씀만 믿겠습니다.

파울리나　걱정하지 말게. 내 명예를 걸고, 자네를 위험으로부터 지켜 주겠네.　　　　　　　　　　　　〔퇴장〕

〔시칠리아, 레온테스의 궁전〕

레온테스 등장.

레온테스 밤이고 낮이고 편치 않구나! 내가 이렇게 편치 않은
것은 오로지 나약함 때문, 오로지 내가 나약한 탓이
다. 이 고통의 원인이 사라진다면? 원인의 일부라
고 해야겠구나. 간통을 저지른 왕비는 내 손안에 있
으되, 음란한 보헤미아 왕은 내 손이 닿지 않는 곳,
내 지혜가 미치지 못하는 곳에 있어 속수무책이니.
왕비를 불태워 죽인다면, 불태워 죽이면 반분은 풀
릴 것 같구나.

〔하인 등장〕

거기 누구냐?

하인 전하.

레온테스 왕자는 좀 어떤가?

하인 밤새 편히 주무셨습니다. 병세가 나아지신 것 같습
니다.

레온테스	참 장한 아이가 아닌가! 어미 죄가 중하다는 것을 알고는 그 자리에서 풀이 죽었으니, 얼마나 깊은 상처를 받았을까? 어미 죄가 마치 제 죄인 것처럼 먹는 것도 자는 것도 모두 잊고 풀이 죽어서 저렇게 괴로워하니.

혼자 있고 싶다. 가서 왕자가 어떤지 살펴보아라.

〔하인 퇴장〕

더럽구나, 더러워. 폴릭세네스, 그놈 생각은 하지도 말자. 복수를 하자니 복수의 결과가 마음에 걸리는구나. 그놈의 왕국도 막강하지만 놈에게는 추종 세력도 있고 동맹국도 있다. 내버려 두자. 때가 무르익을 때까지. 지금은, 왕비에게 복수할 때다. 카밀로와 폴릭세네스는 날 비웃을 테지. 나의 고통을 웃음거리로 삼을 테지. 그자들도 내 손아귀에 들어오면 웃지 못한다. 내 손아귀에 들어 있는 왕비는 말할 것도 없고.

〔파울리나가 아기를 안고 등장한다.
안티고누스와 다른 신하들과 시종 여럿이 파울리나를 제지한다.〕

신하	들이가시면 안 됩니다.

파울리나   아닙니다. 여러분. 오히려 저를 도와주셔야 합니다. 여러분은 무자비한 국왕 전하의 분노가 그렇게 두렵다는 말인가요? 왕비마마의 목숨이 걸려 있는 일인데도? 국왕 전하는 질투하고 계실 뿐, 왕비마마는 결백하십니다.

안티고누스   그만하면 됐네.

하인   마님, 전하께서는 뜬눈으로 밤을 지새우셨기에, 아무도 들이지 말라고 명하셨습니다.

파울리나   그렇게 흥분할 일이 아니에요. 나는 전하께 잠을 되찾아 드리려고 왔어요. 전하 뒤를 그림자처럼 묻어다니며 전하께서 한숨을 쉬실 때마다 따라 쉬는 바로 그대 같은 사람 때문에 전하는 뜬눈으로 밤을 지새우시는 거예요. 나는 진실인 동시에 치료약이 될 솔직한 말씀으로, 전하의 잠자리를 어지럽히는 것들을 씻어 드리고자 하는 거예요.

레온테스   게 무슨 소란이냐?

파울리나   전하, 소란이 아니라 전하에 대한 뒤숭숭한 소문에 대해 상의하고 있었습니다.

레온테스   뭐라고? 저 무례한 여자를 내쫓아라! 안티고누스 경, 내 저 여자가 내 앞에 얼씬거리지 못하게 하라고 명하지 않았는가. 내 저렇게 나타날 줄 알고 있었네.

안티고누스   그렇게 말했습니다, 전하. 저와 전하의 심기를 건드리게 될 터인즉 전하를 뵈러 오지 말라고 했습니다.

레온테스   자네는 여자 하나 뜻대로 다루지 못한단 말인가?

파울리나   정절을 문제 삼는다면 저분 뜻대로 저를 다룰 수 있습니다. 그러나 저분이 전하를 본받아서 결백을 꼬투리 잡아 저를 감옥에 가두지 않는 한, 저분 뜻대로 저를 다루실 수는 없습니다.

안티고누스   전하, 저 모양입니다. 말고삐를 쥐겠다고 나서면, 타고 내달리게 내버려 둘 수밖에 없답니다.

        〔혼잣말로〕 어디 걸려 비틀거리는 법도 없다니까.

파울리나   전하, 부디 귀 기울여 주십시오. 감히 말씀드립니다만, 저는 전하의 충성스러운 종, 전하의 아픈 곳을 돌보는 의원, 전하의 충직한 조언자입니다. 만일에 전하께서 그렇게 생각하지 않으신다면, 전하께서 충신이라고 여기는 이들에 견주어 저는 전하의 잘못을 부추기지 않기 때문입니다. 전하, 저는 현숙하신 왕비마마의 소식을 전하러 왔습니다.

레온테스   현숙하신 왕비마마라고?

파울리나   현숙하신 왕비마마이십니다, 전하. 현숙하신 왕비마마이십니다. 마마는 틀림없이 현숙하신 분이시니, 제가 사나이라면, 아무리 나약한 사나이라고 하더라도 결투라도 해서 왕비마마의 현숙함을 증명해 보였을 것입니다.

레온테스 이 여자를 끌어내라.

파울리나 눈알을 아까워하지 않는 자가 있다면 그자에게 저를 끌어내게 하십시오. 때가 되면 제 발로 걸어 나갈 것이나 그전에 해야 할 일이 있습니다. 왕비마마는 진정 현숙하시니, 현숙하신 왕비마마께서 전하께 따님을 낳아 주셨습니다.

여기 있습니다. 전하께서 축복해 주시길 바라셨습니다. 〔아기를 내려놓는다.〕

레온테스 나가! 저런 선머슴 같은 요부를 봤나! 저 계집을 밖으로 끌어내라! 저런 간에 붙고 쓸개에 붙는 계집 같으니라고!

파울리나 그렇지 않습니다. 제게 욕하는 것이 전하께 익숙지 않은 일이듯, 저 또한 그런 일에 서툴지요. 전하의 정신이 혼란스러운 만큼 저는 결백합니다. 장담하온데 요즘 같은 세상에 사람들은 이만하면 결백하다고들 합니다.

레온테스 이 역적들아! 여자를 끌어내라고 하지 않았느냐? 〔안티고누스에게〕 아이를 도로 주게, 이 노망난 늙은이야. 이 늙은이, 암탉한테 쫓겨 횃대에서 밀려났구나. 그 천한 사생아를 안아 올리게. 안아 올리라니까. 자네 여편네에게 도로 주게.

파울리나 당신의 그 손에 영원한 저주가 내릴 것입니다, 전하께서 붙이신 오명을 닦지 않은 채 공주님을 안아 올리면.

레온테스 마누라한테 꼼짝 못하는구나.

파울리나 전하께서도 그렇다면 얼마나 좋겠습니다. 전하께서도 그렇다면, 전하의 소생을 대할 때도 의심하지 않으실 테니까요.

레온테스 역적들이 떼로 모였구나!

안티고누스 저는 맹세코 역적이 아닙니다.

파울리나 저도 역적이 아닙니다. 어느 누구도 역적이 아닙니다. 단 한 분을 제외하고는 어느 누구도 아닙니다. 바로 전하 자신이십니다. 전하께서는 칼날로 베는 것보다 더 고통스러운 세 치 혀로 전하 자신과 왕비 마마, 장래가 촉망한 왕자님, 그리고 아기 공주님의 신성한 명예를 더럽히셨습니다. 전하의 의심은 참나무나 바위가 단단한 만큼 단단히 썩어 문드러져 있는데도, 전하께서는 그 뿌리를 뽑으려 하지 않으십니다. 한 나라의 군주께 생각을 바꾸라고 강요할 수는 없는 노릇이니 비극이 아닐 수 없습니다.

레온테스   이 천한 계집이 제 마음대로 헛바닥을 마구 놀려 처
음엔 제 남편을 후려치더니 이제는 나를 때리는구
나! 이 핏덩이는 내 새끼가 아니다. 폴릭세네스의 새
끼다. 데리고 나가라. 그리고 어미와 함께 불길 속에
다 던져 넣어 버려라!

파울리나   전하의 핏줄이 맞습니다. 옛말을 한번 해보아도 좋
다면, 아기씨가 전하를 너무너무 닮아서 딱할 지경
입니다. 여러분도 보세요. 비록 작긴 하나 어디 하
나 아버지를 베끼지 않은 구석이 없습니다. 눈, 코,
입술, 찡그릴 때의 표정, 이마, 게다가 인중까지도,
턱과 뺨에 있는 어여쁜 보조개, 미소, 손과 손톱, 손
가락의 모양과 뼈대도 닮았습니다. 아기씨로 하여
금 아버지를 쏙 빼닮게 해주신 인자한 자연의 여신
이시여, 혹시 여신께서 사람의 정신까지도 빚으신
다면, 다른 색깔은 다 좋으나 부디 질투를 상징하는
노랑색은 섞지 말아 주소서. 이 아기씨의 아버지가
그랬듯이, 아기씨가 아이 엄마가 되었을 때 자기 아
이의 아버지가 지아비가 아니라고 해서는 안 될 것
이기 때문입니다!

레온테스   저런 발칙한 년! 그리고 이 아무짝에도 쓸모없는

머저리 같은 놈! 제 여편네 아가리 하나 막지 못하는 놈에게는 교수형이 마땅하다.

안티고누스 　아내의 입을 막지 못하는 남편들을 모두 교수형에 처한다면 전하의 백성은 단 한 명도 남지 않을 것입니다.

레온테스 　다시 한번 명령한다. 저 여자를 끌어내라.

파울리나 　아무리 무능하고 부도덕한 왕이라도 이보다 더할 수는 없을 것입니다.

레온테스 　화형에 처하리라.

파울리나 　상관하지 않습니다. 신을 모독하는 분은 불을 피우는 분이지, 그 불에 타 죽는, 결백한 저는 아닐 것입니다. 전하를 폭군이라 부르지는 않겠습니다. 그러나 왕비마마께 이토록 잔혹하신 것을 보면, 빈약한 상상력에만 의지하실 뿐, 근거를 제시하지 못하시는 것을 보면, 폭군의 기미가 완연합니다. 장차 전하께는 치욕이 될 것이요, 세상의 웃음거리가 될 것입니다.

레온테스 　나에게 충성한다면, 저 여자를 당장 여기서 끌어내라! 내가 폭군이었다면 저 여자를 그냥 살려 두었겠느냐? 내가 진정 폭군이라고 생각했다면 차마 폭군이라 부르지 못했겠지. 여자를 끌어내라!

파울리나 　밀지 마시오, 내 발로 걸어 나길 테니까.

전하, 전하의 핏줄을 보시지요. 공주님이십니다.

제우스 신이시여, 공주님께 더 나은 수호신을 보내
주십시오. 왜 날 잡아끄는 것이오?

여러분은 전하께 아무 도움이 되지 않아요. 이렇게
전하의 잘못을 감싸는 여러분은 모두 마찬가지랍
니다.

자, 자, 우리는 갑니다.   〔퇴장〕

레온테스   역적 같은 놈, 네 놈이 여편네를 부추겼구나. 내 아
이라고? 데려가라! 아이에게 마음을 빼앗긴 것 같
으니, 바로 네가 데리고 가서 즉시 불속에 처넣어
라. 반드시 네가 해야 한다. 너 말고 다른 자는 안
된다. 즉시 집행하도록 해라. 한 시간 안에 집행하
고 보고하라. 상황을 상세히 진술할 수 없으면 네
목숨은 물론 네 가족의 목숨까지 빼앗을 것이다. 복
종하는 대신 나의 분노를 사겠다면 그리 말하라. 내
가 이 두 손으로 사생아의 머리를 박살낼 것이니라.
데리고 가서 화형에 처하라, 네 놈이 네 여편네를
부추겼으니.

안티고누스   그런 적 없습니다, 전하. 여기 계신 전하의 신하들,
제 동료인 경들께서, 원하신다면 그 오명을 씻어 줄
수 있습니다.

신하들	그러합니다. 전하, 경은 부인이 이리 오신 것과 아무 상관이 없습니다.
레온테스	하나같이 거짓을 말하는구나.
신하들	전하, 제발 저희를 믿어 주십시오. 저희는 언제나 진실하게 전하를 모셔왔으니, 부디 전하께서도 저희를 믿어 주십시오. 무릎 꿇고 빌겠습니다. 지금까지 충성을 다하여 전하를 모셨듯이 앞으로도 그리할 것이니, 대신 조금 전에 내린 명령을 취소하여 주십시오. 전하의 명령은 너무 잔혹하고 무시무시해서 반드시 뒤끝이 좋지 않을 것입니다. 이렇게 무릎 꿇고 빕니다. 〔일제히 무릎을 꿇는다.〕
레온테스	나는 바람이 불 때마다 흔들리는 깃털이구나. 이 사생아가 무릎을 꿇고 나를 아비라고 부르는 꼴을 보면서 살아야 한다는 것인가? 그때가 되어 후회하기보다 지금 불태워 버리는 것이 나은 게 아닌가? 허나 될 대로 되라지. 살려 두라지. 아니다, 그래선 안 된다.
	〔안티고누스에게〕 자네, 이리 오게. 이 사생아, 그래, 사생아는 사생아다. 이것은 자네의 수염이 희다는 사실만큼이나 명백하다. 자네가 그 말 많던 암탉을 내 앞에서 지껄이게 한 것도 이 아기를 살리려고 그랬

을 테지. 이 아이의 목숨을 살리기 위해서는 어떤 위험도 감수하겠는가?

안티고누스 어떤 위험도 당해 낼 수 있습니다. 전하. 제 능력이 허용하는 한, 그리고 고귀하신 전하께서 요구하신 다면. 최소한 이 정도는 할 수 있습니다. 얼마 남지 않은 제 피를 걸고 무고한 아기를 살릴 수 있습니다. 가능하다면 무엇이든 하겠습니다.

레온테스 [칼을 꺼내 들고] 가능할 테지. 내가 시키는 대로 하겠다고 이 칼에 걸고 맹세하라.

안티고누스 [칼자루에 손을 대며] 맹세합니다. 전하.

레온테스 잘 듣고 그대로 시행하라. 알았느냐. 단 하나라도 잘못하면 네 목숨은 말할 것도 없고, 그리고 이번에는 벌을 면하였지만 입이 험한 네 아내의 목숨도 무사하지 못할 것이다. 너는 충성스런 신하이니 네게 명한다. 이 사생아를 데리고 이 나라를 떠나 인적 없고 머나먼 땅으로 가서, 아이를 버려라. 더 이상의 인정은 보이지 말고, 스스로 비바람을 견뎌 내도록 운명에 맡기고 내버려 두어라. 이 아이는 기이한 운명을 통하여 우리에게 왔다. 정의의 이름으로 네게 명하노니, 네 영혼이 어떤 위험을 무릅쓰고 네 몸이 어떤 고통을 당할지라도, 네 손으로 이 아이를 이국의 땅

에 맡겨 두고 오너라. 아이가 죽고 사는 것은 운명의
손에 달렸다. 아이를 안아 올려라.

안티고누스 〔아기를 안아 올리면서〕 맹세코 그대로 시행하겠습니다.
지금 죽임을 당하는 것이 더 자비로울 듯하오나, 가
시지요, 가엾은 아기씨. 힘 있는 정령이 있어서 까
마귀와 솔개에게 명하여 아기씨를 돌보라고 하시면
얼마나 좋을까요. 늑대와 곰도 야성을 잠시 접고 딱
한 형편에 처한 인간의 아기를 거두어 먹인다고들
하더이다. 전하, 이런 은혜보다 더 큰 번성의 은혜
를 누리십시오. 그리고 아기씨, 어쩌다 이렇게 가혹
하게 버려질 운명에 처하셨으니, 자비의 은총이 아
기씨 편에 서기를 빕니다.   〔아기와 함께 퇴장〕

레온테스 안 되지, 남의 자식을 기를 수는 없는 일이지.

〔하인 등장〕

하인 전하, 델포스의 사제에게 보냈던 사신들이 한 시간
전에 도착하였다고 합니다. 클레오메네스와 디온
경은, 델포스로부터 무사히 도착하여 상륙하였고,
지금 서둘러 궁으로 오고 있습니다.

신하 전하, 기뻐하십시오. 사신들의 임무 수행은 유례를

찾아볼 수 없을 만큼 신속했습니다.

레온테스   겨우 스무사흘 만에 돌아왔다니, 아폴론 신께서 한 시바삐 진실을 밝히고 싶으셨던 모양이네. 경들은 준비하게. 재판을 열게. 부정한 왕비를 벌할 수 있게. 왕비가 공개적으로 고발당한 만큼 정정당당하고 공개적인 재판을 받아 마땅하네. 왕비가 살아 있는 동안 내 마음은 무거울 것이네. 날 혼자 있게 놔두고, 자네들은 내 명령을 수행하게. 〔따로따로 퇴장〕

ACT 3

SCENE 1 〔레온테스의 궁전으로 가는 길〕

클레오메네스와 디온 등장.

클레오메네스 날씨는 온화하고, 바람은 매우 달콤하고, 섬은 비옥했으니, 신전은 세상 사람들의 칭송을 능가하였습니다.

디온 나도 돌아가서 전하고 싶어요. 나를 사로잡았던, 저 천상의 예복이라고 부를 수밖에 없는 그 예복, 그리고 그것을 입은 사제들의 장엄한 모습을요. 제물은 또 어떻고요? 제물 드리는 의식은 이 세상의 것 같지 않게 장엄하고 장중했지요.

클레오메네스 신탁을 내리는 사제의 쩌렁쩌렁한 목소리는 제우스 신의 벼락 치는 소리 같아서 정신이 없었지요.

디온 우리 여정이 진기하고 즐겁고 신속한 것이었듯이, 왕비마마께도 부디 그렇게 유익한 것이 될 수 있어야 이렇게 다녀온 보람이 있을 텐데요.

클레오메네스 위대한 아폴론 신이시여, 모든 일이 잘되게 도와주소서! 헤르미오네 마마께 죄를 뒤집어씌우는 전하의 주장은 정말 마음에 안 듭니다.

디온   전하께서 우격다짐으로 일을 벌여 놓으셨지만 조만
간 결판이 날 테지요. 아폴론 신의 사제가 봉인한 신
탁이 공개되고 널리 알려지면 판가름이 나겠지요.
이랴, 발 빠른 녀석들아!
순조롭게 풀렸으면 좋을 텐데요.   〔퇴장〕

레온테스와 신하들, 관리들 등장.

레온테스   내가 비통한 심정으로 개정을 선언하는 이 재판은
          이제 내 가슴을 저미는 듯하오. 피고는 왕의 딸이자
          나의 아내이자 내가 진정 사랑했던 여인이기도 하
          오. 나는 폭군이라는 오명을 벗고 싶어 공개적으로
          공정한 절차를 따르니, 정의가 올바른 길로 인도하
          여 유죄 혹은 무죄 판결을 내릴 것이오.
          피고를 들게 하라.

관리   전하의 명이 계셨으니, 왕비마마께서는 출정하십시
          오. 조용히 하시오!

          〔헤르미오네가 근위병들의 손에 이끌려 등장.

           파울리나, 그리고 시녀들도 함께 등장〕

레온테스   기소장을 읽어라.

관리   〔읽는다.〕 "위대한 시칠리아의 레온테스 왕의 왕비,
          헤르미오네, 그대는 대역죄를 저질렀다는 혐의를

받아 기소되었다. 그대는 보헤미아의 왕 폴릭세네스와 간통했고, 카밀로와 내통하여 국왕이자 지아비이신 전하를 시해할 음모를 꾸몄다. 그러다 우연한 기회에 음모가 백일하에 밝혀지자 그대는 진정한 신민으로서 지켜야 할 신의와 충성심을 저버리고, 그들과 내통, 조언함으로써 그들을 무사히 야반도주하게 해주었다."

헤르미오네   내가 앞으로 하고자 하는 말은 나에게 부여된 혐의를 부정하는 내용일 수밖에 없고, 내 대신 증언해 줄 수 있는 이도 없을 터이니 '무죄'라고 주장해도 별 소용이 없을 듯합니다. 나의 진실이 모두 거짓으로 받아들여질 것이니, 내가 하는 진실한 말 또한 모두 거짓말로 받아들여질 것입니다. 그러나 그럼에도 불구하고 이렇게 진술하는 것은, 거룩한 신들이 이 세상을 내려다보고 계시리라고 믿기 때문입니다. 그분들 앞에서는 결백이 그릇된 의심의 얼굴을 붉게 하고, 인내가 가혹한 처사의 무릎을 꿇게 할 것이기 때문입니다. 겉으로는 모르는 척하고 계시지만 전하야말로 이것을 잘 알고 계실 것입니다. 저의 삶은 순결하고 진실합니다. 지금 저의 삶은 관객을 즐겁게 하기 위해 교묘하게 꾸며진 비극보다도 더 슬프고 불행합니다. 하지만 지금 슬프고 불행한 만큼이나 순결하고 진실했습니다. 보세요. 국왕의 반려로시 왕좌를 공유했던 왕비이자 대왕의 딸이자 전도유망한 왕자의 어미가, 바라는 사람이면 누구든 방청할 수 있는 여기 이 법정에서 목숨과 명예를 지키자고 떠들어 대는 꼴을 보세요. 목숨이라면 저는 슬픔 같은 것으로 여겨 포기할 수 있습니다. 그러나 명예는 저로부터 저의 자손으로 대물림되는 것이어서 그것만은 지켜야겠습니다. 전하의 양심에 호소해서 여쭙겠습니다. 폴릭세네스 왕이 전하의 왕궁으로 오시기 전까지, 저는 전하로부터, 받아 마땅한 총애를 받았습니다. 그분이 오신 뒤로, 저는 도대체 무슨 짓을 했기에 이 자리에 서게 되었습니까? 제가 만일에 조금이라도 명예롭지 못한 짓을 저질렀다면, 아니, 그럴 마음이라도 먹었다면, 이 말을 듣고 있는 이들의 심장은 굳어져 돌이 될 것이고, 가까운 제 친척조차 제 무덤에 침을 뱉게 될 것입니다.

레온테스   큰 죄를 지을 만큼 뻔뻔스러운 자는 그 죄를 부정할 만큼 뻔뻔스러운 법.

헤르미오네   지당하신 말씀입니다. 전하, 일리는 있으나 저에게는 해당하지 않습니다.

레온테스 　 인정하고 싶지 않은 것이겠지.

헤르미오네 　 인간이기 때문에 피할 수 없는 실수를 제외하고는 어떤 잘못도 인정할 수 없습니다. 저와 함께 손가락질을 받고 있는 폴릭세네스 왕 문제만 해도 그렇습니다. 저는 그분과 관련된 일 때문에 기소되어 있습니다만, 고백하건대 저는 신분에 어울리는 태도로, 왕의 지위에 걸맞은 호의를 베푼 것뿐입니다. 그 호의는 전하께서 저에게 베풀기를 요구한 호의 아니었습니까? 제가 호의를 베풀지 않았더라면 전하께서는 제가 전하와 전하의 친구 되시는 분에 대해 무례하고 오만하다고 여기셨을 것입니다. 두 분의 우정은 말을 배우던 어린 시절부터 쌓인 것으로 두 분 영혼의 일부라고까지 말씀하셨습니다. 그런데 이제 와서 음모를 꾸몄다고 하시면서 그 음모의 맛을 보라고 하시지만 떠 먹여 주셔도 그 맛은 모르겠습니다. 제가 아는 것은 카밀로 경이 진실한 분이었다는 것뿐, 그분이 전하를 떠난 까닭은 저도 알지 못합니다. 신들께서도 제가 알고 있는 정도 이상은 알지 못하실 것입니다.

레온테스 　 그대는 그자의 야반도주를 알고 있었어. 그자를 대신해서 그대기 헤야 할 일이 무엇인지도.

94

헤르미오네	전하, 제가 이해할 수 없는 말씀을 하고 계십니다. 제 목숨은 전하의 망상에 달려 있으니, 그것은 내놓겠습니다.
레온테스	그대의 소행이 나를 망상에 빠지게 한 것이다. 폴릭세네스의 사생아를 낳고도 그것까지 나의 망상이라고 할 셈인가? 그대와 같은 죄를 지은 자들이 다 그렇듯이 그대 역시 부끄러운 줄 모르고 진실을 부인하는구나. 진실을 부인해 봐야 아무 소용이 없으니, 그대가 낳은 아기는 갖다 버리게 했다. 아이에게보다는 그대에게 죄가 있지만 아비 없는 자식은 버려져야 마땅하다. 그대에게도 이 재판이 물리는 죗값을 받게 할 것인즉, 이 재판에서 사형보다 가벼운 판결은 없다.
헤르미오네	전하, 협박하시는군요. 사형의 협박이야말로 제가 바라던 것입니다. 어떻게 떠나갔는지는 알지 못하나, 제 삶의 가장 큰 보람이었던 전하의 사랑이 떠나간 것을 느낀 뒤로는 삶의 보람 또한 사라졌습니다. 제 삶의 두 번째 보람은 제가 낳은 첫 아이를 만나는 일인데, 제가 전염병에라도 걸린 듯이 그 아이로부터 격리되어 있습니다. 불길한 별자리로 태어난 세 번째 보람은, 순결한 입술을 순수한 젖으로

적신 채, 어미의 품에서 떨어져 나가 죽임을 당하게 되었습니다. 저의 꼴을 보세요. 온 나라 집집마다 제가 창부라는 방이 나붙었다지요. 증오에 가로막혀, 빈부귀천을 막론하고 모든 여자들에게 주어지는 산후조리의 특권도 누리지 못한 채, 이곳에 끌려와 칼바람을 맞고 있습니다. 보세요, 전하. 제가 살아서 무슨 영화를 누린다고 죽음을 두려워하겠습니까. 그러니 계속하시지요. 그러나 이것 하나에만은 귀 기울여 주시지요. 오해는 마시고요. 목숨을 아까워하지 않으니 그것을 구걸하지는 않겠습니다. 다만 명예만은 지키고 싶습니다. 만일 다른 증거는 다 잠재우고 전하의 의심만 잠 깨워 놓은 채 억측에 희생되어 목숨을 잃게 된다면, 전하, 이것은 폭정이지 정의로운 재판이 아닙니다. 신하 여러분, 아폴론 신께서 맡겨 놓으신 뜻에 모든 것을 맡기겠나이다. 아폴론 신이시여, 저를 심판해 주소서.

신하   그대의 청은 매우 타당하오. 그러니 아폴론 신의 이름으로 신탁을 가지고 오너라.

〔관리들 일부 퇴장〕

헤르미오네   아, 나의 아버님은 러시아 황제셨다. 그분이 살아 딸의 재판정에 계셨더라면! 복수의 눈길이 아닌, 연민의 눈길로 이 비참한 몰골을 보셨으리라.

〔관리들이 클레오메네스, 디온과 함께 등장〕

관리 　　〔칼을 들고〕 여기 있는 정의의 칼에 걸고 맹세하십시
　　　　오. 클레오메네스 경과 디온 경, 두 분께서는 델포
　　　　스 섬에 다녀왔으며, 그곳에서 위대한 아폴론 신의
　　　　사제가 봉인한 이 신탁을 가져왔습니다. 그 이후 신
　　　　성한 봉인을 연 일은커녕, 그 안에 씌어 있는 비밀
　　　　을 읽은 일도 없다는 것을.

클래오메네스, 디온 맹세합니다.

레온테스 　　봉인을 열어 받들어 읽으라.

관리 　　〔읽는다.〕 "헤르미오네는 정숙하고, 폴릭세네스에게
　　　　는 잘못이 없다. 카밀로는 충성스런 신하이고, 레온
　　　　테스는 질투심 많은 폭군이다. 태어난 아기는 결백
　　　　하며 진정 왕의 딸이나, 왕에게는 후계자가 없을 것
　　　　이다. 단, 잃어버린 딸을 찾아 내지 못하는 한."

신하들 　　위대한 아폴론 신께 영광을!

헤르미오네 　　고마우신 신이시여!

레온테스 　　제대로 읽은 것이냐?

관리 　　예, 전하. 여기 적힌 대로 읽었습니다.

레온테스	이 신탁은 진실이 아니다!
	재판을 계속하라. 온통 거짓말일 뿐이다.

〔시종 등장〕

시종	전하, 전하!
레온테스	무슨 일이냐?
시종	이런 소식을 전하는 저는 전하의 저주를 받아 마땅합니다. 왕자님께서는, 왕비마마의 일을 두고 상심하시다 떠나셨습니다.
레온테스	떠나다니? 어떻게?
시종	돌아가셨습니다.
레온테스	아폴론 신께서 노하셨구나. 천지신명이 들고 일어나서 나를 때리시는구나.
	〔헤르미오네가 기절한다.〕 그쪽은 또 무슨 일이냐?
파울리나	왕비마마께는 하늘이 무너지는 소식입니다. 보십시오. 죽음의 신이 하시는 일을.
레온테스	왕비를 모시고 나가게. 충격을 받은 것일 뿐, 곧 회복되실 것이네. 내가 나를 믿어도 너무 믿었구나. 부탁이네만, 왕비가 숨을 돌릴 수 있도록 정성껏 손을 써 주게.

〔파울리나와 시녀들이 헤르미오네를 업고 퇴장〕

아폴론 신이시여, 신의 뜻을 가벼이 여겼던 저를 용
서하십시오! 폴릭세네스와 화해하겠습니다. 왕비의
사랑을 되돌릴 것이며, 선량한 카밀로를 다시 불러,
그야말로 진실하고 자비로운 사람이었노라고 만천
하에 알리겠습니다. 저는 질투에 눈이 멀어 이성을
잃은 나머지 복수를 결심하고 카밀로에게 제 친구
폴릭세네스를 독살할 것을 명했습니다. 시키는 대
로 하면 상을 내리고 시키는 대로 하지 않으면 죽이
겠다고 협박했는데도 불구하고 카밀로는 제 명령 따
르기를 미루었습니다. 카밀로가 미루지 않았으면 폴
릭세네스는 죽었을 것입니다. 너없이 선량하고 명예
를 존중하는 카밀로는 제 친구에게 제가 꾸민 음모
의 실상을 알리고, 여기에 있는 엄청나게 많은 재산
을 버리고는, 오로지 명예만을 재산으로 삼아 위험
하고 불확실한 미래에 자신을 내맡겼습니다. 아, 나
의 방패는 녹슬었는데 그의 방패는 번쩍거리는구나.
그의 선행이 내가 한 짓을 더욱 추악하게 보이게 하
는구나.

〔파울리나 등장〕

파울리나	저주받을 나날이여! 이 끈 좀 잘라 줘요. 심장이 윗도리를 터뜨리고는 제풀에 터질 듯하니!
신하	대체 무슨 일이오, 부인?
파울리나	폭군이시여. 심사숙고하셨을 터인데, 저를 어떻게 고문하기로 결심하셨습니까? 수레바퀴에 매달기로 하셨습니까? 팔다리를 잡아늘이기로 하셨습니까? 불로 지지기로 하셨습니까? 아니면 가죽을 벗기기로 하셨습니까? 끓는 납이나 끓는 기름에 처넣기로 하셨습니까? 구식으로 하실 것입니까? 신식으로 하실 겁니까? 지금부터 제가 드릴 말씀은 가혹한 고문을 당해 마땅한 것이기에 드리는 말씀입니다. 사내아이들조차 시시하게 여기고, 아홉 살배기 계집아이들조차 유치하게 여길 폭군의 질투심과 폭군의 폭정이 도대체 어떤 일들을 저질러 놓았는지 살펴보시고, 그러고는 미쳐 버리세요, 돌아 버리세요. 그동안의 왕의 잘못은 모두 맛보기에 불과했을 뿐입니다.
	폭군은 폴릭세네스 왕을 배신했습니다만, 그것은 폭군이 어리석고 배은망덕하다는 것을 보여 주는 사건일 뿐, 아무것도 아닙니다. 폭군은 카밀로 경의 명예를 모독하고 그에게 한 나라의 국왕을 독살할

것을 명했지만, 이 또한 아무것도 아닙니다. 이런 허물들은 추악한 죄악에 견주면 참으로 하찮은 것입니다. 악마라도 그런 짓을 하기 전에는 지옥의 불길 앞에서 한 번이라도 눈물을 뿌렸을 테지만, 갓 태어난 딸 아기씨를 까마귀에게 던져 준 것도 죄악이 아니거나 아주 가벼운 죄악으로 여겨집니다. 어린 왕자님의 죽음도 폭군이 전적으로 책임지셔야 하는 일은 아닙니다. 나이가 어리셔도 생각이 깊고 마음이 맑으셨던 왕자님은, 어리석은 아버지가 현숙한 어머니에게 누명을 덮어씌웠다는 것을 알고는 가슴이 찢어지는 것 같았을 것입니다. 그러나 이 또한 폭군에게 책임을 묻지는 않겠습니다.

하지만 마지막 한 가지, 아, 여러분, 내가 이 말을 입 밖으로 내면 여러분은 마땅히 대성통곡해야 합니다. 왕비마마께서, 아름답고 현숙하시던 마마께서 숨을 거두셨습니다. 그리고 마마의 죽음에 대한 천벌은 아직 내려지지 않았습니다.

신하   오, 신들이시여!

파울리나   마마께서 숨을 거두셨다는 말입니다. 맹세코 돌아가셨습니다. 제 말도 맹세도 믿어지지 않으시거든 가서 직접 보십시오. 마마의 입술로는 붉은 기운을,

102

눈으로는 광채를 되돌리고, 밖으로는 온기를, 안으로는 숨결을 되돌릴 수 있는 분이 있다면, 저는 그분을 신으로 섬기겠습니다. 그러나 폭군이시여! 후회할 것 없습니다. 전하의 죄악은 너무 무거워 울고불고 후회해 봐야 이 슬픔에는 미치지 못합니다. 그러니 절망하세요. 1년 내내 눈바람이 그치지 않는 황량한 겨울 산꼭대기에서 벌거벗은 채, 주린 배를 움켜 안은 채, 천 번을 무릎 꿇고 만 년을 기도해도 신들의 눈길을 돌리게 할 수는 없습니다.

레온테스 계속해요, 계속해. 무슨 말인들 못 하겠소? 세상 사람들이 이구동성으로 욕을 해도 나는 욕을 먹어도 싼 사람.

신하 (파울리나에게) 그만하시오. 일이야 어찌되었건 부인의 언행이 너무 심하오.

파울리나 그 점에 대해서는 죄송합니다. 저는 잘못을 깨달으면 바로 뉘우칩니다. 아녀자의 짧은 생각으로 서둘다 보니 언행이 지나쳤나 봅니다. 전하께서 받으신 상처가 깊으시겠지요. 하지만 다 지나간 일. 전하께서는, 저의 저주를 너무 괴로워하지 마시고, 잊고 싶은 상처를 건드린 저에게 벌을 내리십시오. 지엄하신 전하, 이 어리석은 계집을 용서하십시오. 왕비

마마를 향한 저의 사랑이 너무 커서……. 아, 또 말
실수를 했구나. 더 이상 마마에 대해서는 말하지 않
겠습니다. 왕자님과 공주님에 대해서도. 소식이 끊
긴 지아비 안티고누스에 대해서도 말하지 않겠습니
다. 바라건대 참고 견디세요. 저는 이제 아무 말도
하지 않을 테니까요.

레온테스 진실을 그대로 말해 주어서 고맙소. 부인의 동정을
받기보다는 그 편이 내게는 수월하오. 부탁하오만
왕비와 왕자 있는 곳으로 안내해 주시오. 모자를 한
무덤에 묻어 주어야겠소. 묘비에는 그들이 죽은 사
연을 새겨 나의 부끄러움을 영원히 기억하게 하겠
소. 나는 날마다 모자가 묻힌 묘지를 찾아 눈물을
뿌리는 걸로 낙을 삼겠소. 내 육신에 힘이 남아 있
는 한 나는 이 일을 거르지 않을 것이오. 이제 나를
슬픈 모자가 있는 곳으로 안내해 주오.　　　〔퇴장〕

안티고누스와 선원이 아기를 데리고 등장.

안티고누스   배가 보헤미아의 외진 곳에 닿은 것이 분명한가?

선원   그렇습니다만, 때를 잘못 만난 것 같아 두렵습니다. 하늘이 어둑어둑한 것이 당장 폭풍우가 불어 닥칠 태세입니다. 제 생각에는, 하늘이 우리가 하려는 일을 알고 진노하셔서 얼굴을 찌푸리시는 것 같습니다.

안티고누스   신들의 뜻대로 되겠지! 가서 배에 올라, 배를 돌보게. 조금만 있다가 자네가 있는 곳으로 가겠네.

선원   서두르셔야 합니다. 그리고 너무 멀리 가지는 마십시오. 폭풍우가 몰아칠 듯합니다. 게다가 이곳은 무서운 짐승들이 많기로 유명합니다.

안티고누스   가서 기다리게. 내 곧 뒤따라 갈 테니.

선원   후련하다. 손을 떼게 되어서.   〔퇴장〕

안티고누스   불쌍한 아기씨. 죽은 사람의 영혼이 이 세상을 배회한다는 말, 듣기는 했지만 믿지는 않았어요. 그런데 그런 일이 있었지요. 아기씨의 어머니가 어젯밤 내 꿈에 나타나셨지요. 꿈인데도 생시 같았어요. 고개를 이쪽으로 저쪽으로 갸우뚱거리면서 오시는데, 나는 여태까지 그렇게 슬퍼 보이고 그렇게 아름다 워 보이는 모습을 본 적이 없어요. 새하얀 옷차림에 거룩한 모습으로 오셔서, 내가 자고 있던 선실 침대 앞으로 오셔서, 세 번 절하시더니 무슨 말씀을 하실 듯이 숨을 고르시는데, 두 눈에서는 눈물이 주룩 흘 러내렸지요. 격정이 가라앉으시자 어머니께서는 이 러시더군요. "친애하는 안티고누스 경, 그대는 성품 이 어진 분인데 운명의 여신이 그대에게 불쌍한 내 아기 버리는 역할을 맡겼으니, 그대는 전하께 한 맹 세에 따라 내 아기를 버리세요. 보헤미아에는 외진 곳이 많으니, 우는 아기를, 눈물 머금고 버리세요. 아기는 이로써 잃어버리는 셈이니, 잃어버린 아이 라는 뜻을 지닌 말 페르디타로 이름하세요. 비록 전 하의 명령을 시행하는 것이라고는 하나, 이토록 잔 인한 일을 했으니 그대는 그대의 아내 파울리나를 다시 볼 수 없을 것이에요." 이러시고는 망령이 다 그렇듯이 한 소리 크게 지르시고 허공으로 사라지 셨지요. 몹시 놀란 내가 정신을 수습하고 보니 아무 래도 현실 같지 꿈같지는 않더이다. 꿈이란 허망한 것이지만, 이번만은 이 꿈을 믿고 꿈이 시키는 대로

해야겠어요. 헤르미오네 왕비마마는 돌아가신 것이 분명해요. 아폴론 신은 아기씨를 폴릭세네스 전하의 자식인 줄 아시고 죽든지 살든지 이 보헤미아에다 버리기를 바라시나 봐요. 꽃 같은 아기씨, 부디 사셔야 해요.

〔두루마리와 함께 아기를 내려놓는다.〕

여기 누워 계시지요. 이것은 아기씨의 내력을 적은 글이랍니다. 자, 이것도.

〔아기 옆에 상자 하나를 내려놓는다.〕

이 상자 속에 든 재물은 아기씨 뒷바라지를 하고도 남아, 운이 좋으면 나중에 아기씨 것이 될 수도 있어요. 폭풍우가 밀려오는구나. 가엾은 아기씨, 어머니 때문에 이렇게 버려져 내일을 기약할 수 없는 신세가 되시다니. 두 눈에서 눈물은 나오지 않으나 가슴에서는 핏물이 흐르는구나. 맹세 때문에 이런 짓을 하는 내가 저주스럽구나. 잘 있어요, 아기씨.

날씨가 점점 고약해지네요. 아기씨가 들을 자장가는 너무나도 거칠 것 같네요. 대낮인데 칠흑 같은 어둠이라니. 아니, 이건 짐승의 울음소리 아닌가? 어서 배로 돌아가야겠다. 아, 맹수에게 쫓기는 신세. 아이고, 끝장이구나. 〔곰에게 쫓겨 퇴장〕

〔양치기 노인 등장〕

양치기 노인 열여섯 살부터 스무 살까지의 나이는 아예 없거나, 그 나이 처먹은 녀석들은 내처 잠이나 처자든가 했으면 좋겠어요. 아, 그 나이 때 하는 짓이라는 게 뻔하지요. 계집애들에게 애나 배게 하거나 어른에게 대들거나 훔치거나 싸우거나 하는 거지. 어럽쇼, 이건 또 무슨 소리야. 열아홉 살이나 스무 살 사이의 미친놈이 아니라면 이 날씨에 누가 사냥을 하겠어요? 녀석들 등쌀에 내가 제일 아끼는 양 두 마리가 달아나 버렸다고요. 주인인 나보다 늑대들이 먼저 찾아낼까 걱정이군요. 모르기는 하지만 지금쯤 바닷가에서 넝쿨을 뜯어먹고 있을 겁니다. 늑대에게 들키지 않아야 할 텐데. 〔아기를 본다.〕 아니, 이건 또 뭐야? 저런, 아기잖아. 아주 예쁜 아기로군! 아들인지 딸인지 모르겠네? 예뻐요, 아주 예뻐요. 누가 또 사고를 친 게로군. 내가 비록 배운 것은 없으나 궁중 것들 짓이라는 거, 척 보면 안다. 계단 밑에 숨어서, 뒤주 안에 숨어서, 문짝 뒤에 숨어서 만들었을 것이라는 말씀. 여기 있는 이 불쌍한 아기보다 더 후끈 달아올랐을 것이라는 말씀. 불쌍하니 내가 데

려가야겠다. 하지만 아들 녀석이 올 때까지 기다려
야지. 방금 무슨 소리가 들렸는데? 애야, 애야.

〔시골 청년 등장〕

시골 청년   예, 여기 있어요!

양치기 노인   그렇게 가까이 있었느냐? 죽어서 썩어 문드러질 때
까지 울궈먹을 이야깃거리가 보고 싶거든 어서 이
리 오너라. 그런데 너 왜 그래?

시골 청년   죽어서 썩어 문드러질 때까지 울궈먹을 이야깃거리
를 바다에서도 보고 육지에서도 본 걸요. 그런데 지
금은 바다라고 할 수가 없는 것이, 바다가 하늘이
되어 버렸거든요. 바다와 하늘이 뒤섞여서 바늘 하
나 들어갈 틈도 없다니까요.

양치기 노인   대체 그게 무슨 소리냐?

시골 청년   아버지도 보셨어야 하는 건데. 바다가 사납게 요동
치며 땅을 집어삼킬 듯이 몰려오고 있다고요. 하지
만 중요한 건 그게 아니에요. 그런 바다에 빠진 불
쌍한 인간들의 처절한 비명. 떠올랐다가는 가라앉
고, 가라앉았다가는 다시 떠오르고. 배는 돛으로 달
을 찌를 듯이 솟아올랐다가는 다시 물거품 아래로

사라지는데, 흡사 술통에 빠진 코르크 마개 같더라고요. 그리고 이번에는 육지에서 일어난 일. 곰이 노인네의 어깨뼈를 물어뜯더라고요. 그 노인네가 도움을 청했는데, 이름이 안티고누스라고 하는 귀족이라나. 바다 쪽 얘기를 마저 해야겠어요. 바다가 배를 꿀꺽 삼켜 버리더라고요. 불쌍한 뱃사람들이 처절하게 비명을 지르는데 바다는 가련한 사람들을 놀리는 것 같았어요. 귀족이라는 노인네가 비명을 질렀지만 곰은 으르렁거리면서 그 노인네를 가지고 노는 것 같더라고요. 그 노인네의 비명 소리나 곰이 으르렁거리는 소리는 바다의 파도 소리보다 컸으면 컸지 작지는 않았을 거예요.

앉은뱅이 노인   아이고, 맙소사. 그게 언제였다고?

나룻배 청년   조금 전, 조금 전에요. 보고 막 돌아서는 참이었어요. 바다에 빠진 사람들은 아직 안 죽었을 테고, 곰도 그 양반을 다 먹지 못했을 거예요. 한참 먹고 있을 거예요.

앉은뱅이 노인   아이고, 내가 있었더라면 그 노인네를 도와줄 수 있었을 텐데 그랬구나.

나룻배 청년   아버지가 배를 건졌으면 좋았을 텐데. 아무리 용한 우리 아버지셔도 발붙일 곳은 마땅찮았겠지만.

양치기 노인   슬픈 일이다, 슬픈 일! 참, 얘야, 이걸 보아라. 이건 기쁜 일이다. 너는 죽어가는 사람들을 보았지만 나는 태어난 지 얼마 안 되는 아기를 만났다. 봐라, 값비싼 강보에 싸여 있지 않니? 귀한 집 아기임에 틀림없어. 이건 또 뭐야. 들고 와서 열어 봐. 내가 요정들 덕에 부자 될 거라는 소리를 더러 들었는데 이 아기는 요정들이 인간 세상의 아기와 바꿔치기한 아기인지도 모르겠다. 상자를 열어 봐라. 안에 무엇이 들어 있느냐?

〔시골 청년이 상자를 연다.〕

시골 청년   아버지, 평생 돈 걱정은 안 하게 되셨습니다. 평생을 부자로 사실 수 있겠어요. 젊을 때 지은 죄만 용서받는다면! 금이에요, 황금. 전부 다!

양치기 노인   요정들이 가져다 준 황금임에 분명하다. 자세한 것은 차차 알게 되겠지만. 잘 숨겨 가지고 집으로 돌아가자. 지름길로. 우리 오늘 재수가 좋다. 비밀만 잘 지키면 이 좋은 재수를 오래가게 할 수 있다. 사라진 양 같은 건 잊어버리고 어서 집으로 돌아가자.

시골 청년   아버지 먼저 이것들을 거두어 가지고 집으로 가세요. 저는 곰이 사라졌는지, 그 노인네 양반을 얼마나 먹이 치웠는지 보고 올게요. 배고플 때가 아니면 곰은 사람을 해치지 않는데, 그것 참. 곰이 남긴 게 있으면 묻어 줄게요.

양치기 노인 좋은 생각이다. 남아 있는 것 중에 그 양반이 누구인지 짐작할 만한 게 있거든 날 데리러 오너라. 나도 좀 보게.

시골 청년 그러죠. 땅에 묻는 것도 도와주시면 되겠네요.

양치기 노인 오늘은 아주 재수 좋은 날이다. 그러니 착한 일을 하자꾸나.

〔퇴장〕

ACT 4

해설을 하기 위해 '시간' 등장.

시간   사람들에게 기쁨을 안겨 주는 일이 더러 있기는 하나 대체로 누구에게든 시련을 안기는 나 시간은 실수를 저지르기도 하고 그 실수를 바로잡기도 해서 선한 사람들이나 악한 사람들에게 두루 기쁨과 공포의 대상입니다.

자, 이제 저에게 맡겨 주시면 시간의 이름으로 저의 날개를 펼쳐 볼까 합니다. 이제, 그동안 있었던 일에 대한 언급 없이, 16년이라는 세월을 훌쩍 건너뛸 것이나 세월이 너무 빨리 흘렀다고 저를 탓하지는 마십시오. 법칙을 깡그리 뒤집어엎는 것은 나의 권한입니다. 단 한 시간 동안 관습을 뿌리내리게 하는 일, 그 관습의 뿌리를 뽑아 버리는 일 또한 그렇습니다. 질서가 서기 전인 태초의 내 모습이나, 질서가 자리 잡힌 오늘날의 내 모습이나 늘 한결같다는 것을 명심해 주시기 바랍니다. 나는 법칙과 관습을 만들어 낸 시대도 지켜보았고 오늘을 지배하는 관습도 지켜보았습니다. 저는 오늘날 새로운 것으로 보이는 모든 것들도 낡은 것으로 만들어 버릴 것입니다. 지금 제가 하고 있는 이야기를 케케묵은 것으로 만들어 버리듯이 말이지요.

여러분이 참고 기다려 주신다면, 저는 제 모래시계를 뒤집어, 여러분이 그동안 잠이라도 자고 있었던 것처럼 느껴지도록, 이 연극을 빠르게 진행시키겠습니다. 어리석은 질투로 빚은 참극을 애통해 하면서 두문불출하는 레온테스 이야기는 잠시 접어 두고, 친애하는 관객 여러분, 제가 지금 아름다운 보헤미아에 있다고 상상해 주십시오. 보헤미아의 왕에게 왕자가 있었다는 것을 기억하시지요? 이름은 플로리젤입니다. 여기에서 잽싸게 페르디타 이야기로 넘어가겠습니다. 페르디타는 잘 자라서 매우 아름다운 처녀가 되어 사람들을 놀라게 합니다. 페르디타에게 앞으로 무슨 일이 닥칠지 예언할 생각은 없습니다. 다만 연극이 진행되는 대로 이 시간이 그때그때 소식을 전해 드리겠습니다. 지금부터 이 시간이 일러 드릴 내용은 양치기의 딸에게 일어날 일들에 대한 이야기입니다. 지금까지의 이야기가 유쾌하지 못했다면 양해해 주시고, 불쾌했던 것은 아

니지만 재미가 좀 없었다면, 앞으로는 그런 일이 없
도록 하겠노라고 이 시간의 이름으로 감히 말씀드
립니다.   〔퇴장〕

SCENE 2 〔보헤미아, 폴릭세네스의 궁전〕

폴릭세네스와 카밀로 등장.

폴릭세네스 부탁이오, 카밀로. 더 이상 성가시게 굴지 마시오. 그대의 간청을 거절하는 것도 괴로운 일이나, 들어 준다는 것은 죽음보다 더 괴로운 일이오.

카밀로 제가 조국을 본 지 열여섯 해가 지났습니다. 오랜 나날을 외국에서 보냈지만, 이제는 조국 땅에 뼈를 묻고 싶습니다. 게다가, 지은 죄를 뉘우치신 전하의 부름이 있었습니다. 그분의 사무치는 슬픔을, 외람 된 말씀이오나, 조금이라도 덜어 드리고 싶다는 것, 이것이 제가 떠나려는 까닭입니다.

폴릭세네스 카밀로 경, 그대가 진정으로 나를 위한다면 나를 떠 나서는 안 되오. 그것은 그동안의 행적을 모두 무너 뜨리는 일이오. 내게 그대가 필요한 까닭은 그동안 의 행적 때문이오. 이렇게 그대를 잃는다는 것은 얻 지 않은 것만 같지 못해요! 그대가 시작한 일들은 그대 아니면 마무리하지 못하니, 여기에서 그 일들 을 마무리하거나 그대의 훌륭한 행적을 다 가져가

든지 선택하시오. 그대가 한 일에 견주면 그대에 대한 나의 대접이 소홀했을 수밖에 없겠지만, 앞으로는 소홀하지 않도록 하겠소. 이로써 나는 그대의 우정 어린 충성을 얻고자 하오. 저 불길한 나라 이름 시칠리아는 입에 담지도 마시오. 이름만 들어도 나는 괴로워요. 그대 말마따나 레온테스가 지은 죄를 뉘우치고 있고 형제 같은 나와도 화해했지만 괴롭기는 마찬가지예요. 그 레온테스가 현숙하신 왕비와 자녀들을 잃었다는 것을 생각하면 슬픔이 새록새록 되살아나오.

그런데 그대가 내 아들 플로리젤을 최근에 본 게 언제던가? 전도유망한 왕자를 잃은 왕이나 불효막심한 아들을 가진 왕이나 불행하기는 마찬가지라오.

카밀로 전하, 사흘 전에 왕자님을 뵈었습니다. 무엇에 재미를 들이셔서 그런지 모르겠으나, 요즘은 자리를 자주 비우시고 왕자 수업에도 소홀하신 것 같습니다.

폴릭세네스 카밀로 경, 나도 그렇게 생각했고, 그래서 걱정스러운 나머지 사람을 풀어 알아보도록 했어요. 왕자는 미천한 양치기 노인 집에서 살다시피 한다는군. 그 양치기 노인은 원래 무일푼이었는데 지금은 이웃 사람들의 상상을 초월할 정도로 부자가 되어 있다는구먼.

카밀로   저도 그런 사람이 있다는 이야기는 들었습니다, 전
        하. 그런데 양치기 노인의 딸이 매우 특별하다고 합
        니다. 주위의 칭찬이 어찌나 자자한지, 오두막에서
        시작된 소문으로는 믿어지지 않을 만큼 널리 퍼져
        있다고 합니다.

폴릭세네스 나도 들었소만 그 자자한 소문이 내 아들을 꾀는 미
        끼 노릇을 하고 있는 모양이오. 함께 가 봅시다. 우
        리가 누군지 모르도록 감쪽같이 변장하고 가서 양
        치기 노인과 얘기 좀 나눠 봅시다. 단순무식한 사람
        일 테니, 내 아들이 그 집에 들락거리는 까닭을 알
        아내기는 어렵지 않을 것이오. 시칠리아로 돌아갈
        생각은 접어 두고 같이 갑시다.

카밀로   전하의 뜻에 따르겠습니다.

폴릭세네스 역시 카밀로 경이오. 가서 변장합시다.

〔카밀로와 함께 퇴장〕

SCENE 3 〔보헤미아. 양치기 노인의 오두막 근처에 있는 시골길〕

아우톨뤼코스가 노래하며 등장.

아우톨뤼코스 수선화가 얼굴 내밀기 시작하면,
에헤야, 골짜기 건너 비렁뱅이 아가씨에게도!
포근한 봄날이 찾아오니,
한겨울 창백했던 얼굴이 붉게 달아오르네.

울타리에 널린 새하얀 홑이불을 보니,
에헤야, 어여쁜 새들이 어찌 이리 지저귀는지!
슬쩍 하고싶어 손가락이 근질거리네.
술 한 동이면 나랏님도 부럽지 않을 텐데.

종달새는 지지배배 노래 부르네.
에헤야, 데헤야, 개똥지빠귀도, 어치까지!
여름 노래를 부르네, 나와 아가씨들을 위해,
우리가 짚더미 속에서 섞여 뒹굴 때.

나도 잘 나갈 때는 비단옷 입고 플로리젤 왕자님을

모셨다고. 지금은 별 볼 일 없지만.

젠장, 신세타령만 할 수는 없지.
휘영청 달빛이 비치는 날
이곳저곳 정처 없이 떠돌다 보면
세상사 내 뜻대로 안 되는 게 없지.

땜장이도 어엿한 하나의 직업,
돼지가죽 가방 메고 다니는.
오랏줄에 묶여 끌려가는 그날에도
땜장이라 둘러대면 문제없겠지.

나는 홑이불 장수. 솔개가 둥치 틀 때는 자투리 도
둑 안 맞도록 조심해야지. 아버지는 도둑의 신 이름
을 붙여 날 아우톨뤼코스라고 부르셨으니, 그분 역
시 헤르메스의 자손이어서 나처럼 좀도둑 노릇 하
셨지. 노름과 여자로 망해 이런 누더기나 걸치고 다
니지만 좀도둑 노릇으로도 입에 풀칠은 해. 큰길에
서 설치다가는 곤장 아니면 교수형인데 그건 딱 질
색이거든. 장래 같은 건 생각도 안 해. 앗, 밥이 나
타났다, 내 밥!

〔시골 청년 등장〕

시골 청년   어디 보자. 양 열한 마리당 한 토드라. 한 토드는 1
파운드 하고도 몇 푼 더 나가고 양 천오백 마리의
털을 깎았으니 털 값은 얼마나 되어야 하지?

아우톨리코스   〔혼잣말로〕 덫에 걸리기만 하면 저 멍청한 도요새는
내 것이다.

시골 청년   손가락 꼽아서는 셈을 못하겠구나. 그런데 양털깎
기 축제에 쓸 것으로 뭘 사오라고 했더라? 설탕 세
파운드, 건포도와 쌀 다섯 파운드. 근데 얘는 쌀을
가지고 뭘 하겠다는 거야? 어쨌거나 아버지가 누이
에게 축제 준비를 맡기셨고 누이는 뭐든지 넉넉하
게 하는 걸 좋아하니까 사다 줘야지. 양털 깎는 사
람들에게 준다고 꽃다발만도 스물네 개나 만들었으
니 좌우지간 통이 큰 아이야. 그 사람들, 삼중창을
하는 이들인데 꽤 잘하더라고. 대부분이 고음과 중
음인데 문제는 하나 섞여 있는 청교도야. 풀피리에
맞추어 춤곡도 찬송가로 불러 버리니. 어디 보자,
겨울 배로 만든 파이에 색을 넣으려면 노랑 물감이
있어야 하는구나. 육두구 껍질로 만든 향료와 대추
야자는? 이건 쪽지에 안 적혔네? 육두구 일곱 개,

생강 한두 뿌리쯤은 거저 얻을 수 있겠지. 말린 자두와 건포도 다섯 파운드.

아우톨뤼코스 이놈의 세상에 내가 왜 태어났던고!

〔땅 위를 기어 다니며〕

시골 청년 아이고, 깜짝이야!

아우톨뤼코스 사, 살려 주세요. 도와주세요! 이 누더기를 좀 벗겨 주세요. 죽겠어요, 죽겠다고요.

시골 청년 이렇게 딱한 사람을 봤나! 당신은 이 누더기를 벗을 게 아니라 옷을 좀 더 걸쳐야겠소.

아우톨뤼코스 수백만 대도 더 맞았지만, 매 맞는 건 견디겠는데 이 누더기는 못 견디겠어요.

시골 청년 아이고, 불쌍해라. 백만 대나 맞았다니 이거 예삿일이 아니네?

아우톨뤼코스 강도를 만났어요. 폭행도 당했어요. 돈도 옷도 다 빼앗겼어요. 강도가, 제가 걸치고 있는 이 누더기를 제게 걸쳐 준 거요.

시골 청년 말 타고 왔습디까, 걸어서 왔습디까?

아우톨뤼코스 말은 없었어요. 걸어 다니는 강도였어요.

시골 청년 그래, 당신한테 걸쳐 놓은 누더기를 보면 말을 타고 있었을 리가 없지. 산전수전 다 겪은 군인 아니고서 야 말 탄 놈이 이런 누디기를 걸치고 다닐 리 없지.

내 손을 잡으시오. 도와 드리겠소. 어서, 손을 이리
주시오. 〔아우톨뤼코스를 일으켜 세워 준다.〕

아우톨뤼코스 아아, 살살 해요, 살살!

시골 청년 아이고, 딱하기도 하지.

아우톨뤼코스 제발 살살 해요, 어깨뼈가 빠진 것 같아요!

시골 청년 이제 좀 어떻소? 설 수는 있겠소?

아우톨뤼코스 〔시골 청년의 돈주머니를 훔치면서〕 살살 해요, 살살. 아이
고, 이거 크게 신세지는군요.

시골 청년 돈은 있으시오? 내가 돈을 좀 줄 수도 있는데.

아우톨뤼코스 아니, 아니, 괜찮아요. 정말 괜찮아요. 친척 집이 10리
도 안 떨어진 곳에 있는데 그리 가는 길이었어요.
거기 가면 돈이든 뭐든 다 구할 수 있어요. 그러니
까 돈 주겠다는 소리는 마세요. 그랬다가는 큰일 나
니까.

시골 청년 대체 강도는 어떻게 생겨 먹은 사람이었소?

아우톨뤼코스 야바위 도구를 들고 다니는 것으로 보아 떠돌이 같
습디다. 한때는 왕자님 시중을 들었다지요. 잘난 짓
하다가 궁에서 쫓겨난 놈이라는 것만은 확실해요.

시골 청년 잘난 짓이 아니라 못난 짓이겠지요. 잘난 사람을 궁
에서 쫓아낼 리 있나요? 잘난 사람은 그런 데 오래
안 있으려고 하긴 하지만요.

아우톨뤼코스 못난 짓, 맞네요. 제가 놈을 좀 아는데, 처음에는 원숭이를 데리고 다니며 장사도 하고 집달리 노릇도 좀 했지요. 돌아온 탕아 이야기로 인형극을 만들어 떠돌아다니다가 우리 집 가까운 데서 땜장이 마누라와 눈이 맞았지요. 결국 종착역은 사기꾼. 이름은 아우톨뤼코스라고 한답니다.

시골 청년 저런 망할 놈! 도둑놈이오, 진짜, 도둑놈이오! 그런 도둑놈, 마을 잔치 마당이나 장터, 곰 재주 마당, 안 나타나는 데가 없어요.

아우톨뤼코스 그래요, 그렇고말고요. 그런 놈이 내게 이 누더기를 걸쳐 놓은 거예요.

시골 청년 보헤미아에 둘도 없는 비겁한 사기꾼이지요. 당신이 좀 당당하게 침이라도 탁 뱉어 주었다면 "어 뜨거워라." 하고 토꼈을 텐데.

아우톨뤼코스 솔직히 말씀드리지만, 전 싸움은 잘 못해요. 그 방면으로는 겁이 많은데 제 생각엔 그놈도 그걸 알았던 것 같아요.

시골 청년 이젠 좀 어떻소?

아우톨뤼코스 아까보다 훨씬 나아요. 이제는 서서 걸을 수 있어요. 이제 슬슬 친척집으로 가 볼까나?

시골 청년 같이 가 주지 않아도 되겠소?

아니요, 친절하신 양반, 아니요.

그럼 잘 가시오. 나는 축제에 쓰일 향료를 사러 가

야 하오.   〔퇴장〕

부디 복 받으시오.

그런데 향료 살 돈이 없을 거다. 오냐, 양털깎기 축
제에도 참석해 드리지. 내 이번 기회에 또 한 차례
일을 꾸며 양털 깎는 놈들이 모조리 바보라는 걸 증
명해 내지 못하면 도둑놈 명단에서 내 이름을 빼내
어 착한 얼간이 명단에다 넣겠다!

〔노래한다.〕

천천히 걷자, 오솔길 따라.

그리고 가뿐히 울타리를 뛰어넘자.

즐거운 마음으로는 종일 걸을 수 있어도

우울해지면 10리도 못 가 발병이 난다.   〔퇴장〕

양치기 옷을 입은 플로리젤과 잔치에 어울리는 차림을 한 페르디
타 등장.

플로리젤　　그렇게 차려입으니 곱지 않은 데가 없어서 양을 치
는 처녀가 아니라 4월의 문턱에서 바깥을 엿보는
꽃의 여신 플로라 같군요. 양털깎기 축제는 서열 낮
은 신들의 축제 같은 것이니, 그대는 단연 이 축제
의 여왕이오.

페르디타　　귀하신 도련님, 도련님의 과찬에 말대답해서는 안
되는 일이지만, 이런 말을 입에 담다니 용서하세요.
지체 높으신 도련님은 시골 사람으로 변장하셨는
데, 보잘것없는 저는 여신처럼 차려입었으니 그렇
지요. 왁자지껄, 시끌벅적한 축제라서 사람들이 그
렇거니 받아 주니 망정이지, 축제가 아니었으면 도
련님의 그런 차림에 얼굴이 화끈거렸을 거예요. 거
울에 비친 제 모습을 보고는 기절했을 것이고요.

플로리젤　　매사냥 때 아버지의 매가 그대 아버지 땅으로 날아
들어가지 않았으면 그대를 만나지 못했을 터인즉,
나는 그 매를 늘 고맙게 여기오.

페르디타 　정말 그렇게 생각하신다면 제우스 신께 감사드릴 일
이지요. 하지만 저는 신분의 차이가 두려울 뿐입니
다. 도련님과 같이 지체 높으신 분이야 두려움이라는
것이 생소하시겠지만요. 도련님이 우연히 저희 집 앞
을 지나셨듯이, 도련님의 아버님께서 우연히 저희 집
앞을 지나치실까 걱정입니다. 아, 운명의 여신들이시
여! 지엄하신 그분께서 귀하디귀하신 아드님이 이렇
게 남루한 옷을 입으신 걸 어찌 보시겠으며, 세가 빌
려 입은 이 화려한 옷을 또 어찌 보실까요?

플로리젤 　그런 염려 말고 축제나 즐깁시다. 신들께서도 사랑
을 위해서는 짐승의 탈을 쓰는 것도 마다하지 않으
셨어요. 제우스 신은 황소로 몸을 바꾸고 "음매" 하
고 우셨고, 포세이돈 신은 숫양으로 몸을 바꾸고
"매에" 하고 우셨으며, 휘황찬란한 태양신 아폴론
은 지금의 나 같이 초라한 시골 청년으로 몸을 바꾸
기도 했어요. 신들이 그렇게 몸을 바꾸고 얻은 여인
도, 내가 사랑하는 여인만큼은 아름답지 못했고, 동
기도 나처럼 순수하지 못했어요. 그것은 나의 욕망
이 나의 명예보다 크지 않고, 나의 열정이 그대에게
한 약속보다 더 뜨겁지는 않기 때문이에요.

페르디타 　하지만 도련님, 왕권이 이 신분 차이를 문제 삼으면

도련님도 어쩔 수 없을 것입니다. 그럴 경우에는 도런님께서 저를 포기하시든가, 제가 목숨을 포기하든가 양자택일하는 수밖에 없을 것입니다.

플로리젤 사랑하는 페르디타, 이렇게 즐거운 잔치 마당에서 그런 우중충한 생각을 하시다니. 나도 그대의 것이 되든가 아버지의 아들이기를 거부하든가 양자택일 하겠어요. 내가 그대의 것일 수 없다면, 나의 것일 수도, 그 어느 누구의 것일 수도 없어요. 운명이 내 앞을 막아서도 내 생각에는 변함이 없어요. 자, 웃어요. 쓸데없는 것에 마음 쓰지 말고, 곧 손님들이 몰려올 거예요. 사랑의 맹세가 열매를 맺는 우리 결혼식 날이나 된 것처럼 손님들이 몰려올 거예요.

페르디타 오, 행운의 여신이여, 저희를 어여삐 여겨 주십시오!

〔양치기 노인과 시골 청년, 변장한 폴릭세네스와 카밀로,

하인들, 몹사와 도르카스 등장〕

플로리젤 보세요, 벌써 손님들이 오고 있어요. 씩씩하게 손님을 맞아야지요. 화끈하게 즐겨 봅시다.

양치기 노인 페르디타, 저런 철딱서니 하고! 생전에 네 어머니

는, 축제날이면 혼자 부엌일 해, 음식창고 드나들
어, 하인들 지휘해, 요리까지 해, 안주인 노릇 해,
하인 노릇 해, 손님을 맞고 그 손님 대접해, 춤춰,
노래 불러, 잔칫상 끝에 앉아 있는가 하면 어느 틈
에 중간에 와 있어, 이 사람 시중을 들고 있는가 하
면 어느 틈에 저 사람 시중을 들어…… . 이렇게 일
하느라고 얼굴이 불덩이처럼 달아오르면, 그 불 끄
느라고 여기서 한잔, 저기서 또 한잔. 그런데도 너
는 멀찍이 물러서 있구나. 네가 손님이냐, 안주인이
냐? 자, 새로 오신 손님들께 인사 올려라. 그래야
낯이 익지. 얼굴 그만 붉히고 축제의 안주인답게 손
님을 맞아라. 양도 복 받고 우리도 복 받게 양털깎
기 축제에 오신 손님을 맞아라.

페르디타 〔폴릭세네스에게〕 어서 오십시오, 어르신. 아버지 명으
로 오늘 축제의 안주인 노릇을 맡게 되었습니다. 〔카
밀로에게〕 어서 오십시오, 어르신. 도르카스, 거기있
는 꽃을 좀 주겠니. 존경하는 두 분 어르신들, 로즈
마리 꽃과 운향 꽃을 받으십시오. 추억과 은총을 상
징하는 꽃입니다. 겨우내 싱싱하고 향기로운 꽃들입
니다. 부디 신의 은총을 입으시고 오래 기억하시기
를 바랍니다. 저희 양털깎기 축제에 오신 것을 환영

합니다!

〔꽃을 준다.〕

폴릭세네스   아름다운 양치기 아가씨, 겨울 풀꽃이 나이 든 우리
에게 잘 어울리는군요.

페르디타   어르신, 한 해가 저물어가고 있지만, 여름이 다 간
것도 아니고 겨울이 온 것도 아닙니다. 이 계절에
가장 아름다운 꽃은 카네이션과 자연의 사생아라고
들 하는 음란한 패랭이라지만, 이 시골집 뜰에는 그
런 꽃이 피지도 않고 저는 그것을 갖고 싶지도 않습
니다.

폴릭세네스   아가씨, 무엇 때문에 그 꽃들을 무시하는 것이지요?

페르디타   고운 얼룩무늬를 만들자면 사람의 손길이 가야 한
다고 들었습니다. 자연의 조화를 거스르는 것 같아
서 그렇습니다.

폴릭세네스   그렇다고 쳐요. 하지만 자연에 가는 사람의 손길 또
한 자연이 만든 것이오. 그러니까 아가씨가 자연의
조화를 거스른다는 사람의 손길 또한 자연이 창조
한 것이라는 말이지요. 우리는 값싼 나무에다 값비
싼 나무를 접목시켜, 그 값싼 나무에 아주 값비싼
줄기를 오르게 하지 않나요? 손질한다고 할까, 개
조한다고 할까. 이 손질 또한 자연 아니겠어요?

페르디타	듣고 보니 그렇습니다.
폴릭세네스	그러니 이제 뜰에다 패랭이를 듬뿍 심되 더 이상 사생아라고 부르지 마세요.
페르디타	그래도, 그런 꽃 심자고 땅을 파지는 않겠습니다. 제가 얼굴에다 분을 바르는 것은 예쁘게 보이기 위한 것이지, 여기 있는 젊은 분에게 "자식을 갖게 해주세요."라고 말하고 싶어서 그런 것이 아닌 것과 같습니다. 꽃을 받으시지요.

〔꽃을 건네며〕

냄새가 따끈한 라벤더 꽃과 박하 꽃, 차조기 꽃과 꽃박하, 해님과 함께 잠자리에 들고 해님과 함께 이슬에 젖어 일어나는 금잔화입니다. 모두 여름 꽃들로 중년에 드신 분들에게 어울리는 꽃입니다. 여러분을 환영합니다.

| 카밀로 | 내가 아가씨의 양이라면 풀 뜯지 않아도 아가씨를 바라보는 것만으로도 배가 부르겠습니다. |
| 페르디타 | 그러시면 안 되십니다. 그러셨다가는 하루가 다르게 여위셔서 1월 강풍에 멀리멀리 날아가 버리시게요? |

〔플로리젤에게〕 정말 멋지고 귀하신 분, 그 젊음에 어울리는 봄꽃이 있다면 좋을 텐데요.

〔몹사를 비롯한 다른 양치기 저녀늘에게〕 너희들도 받아라.

봄이면 꽃이 피듯이 너희에게는 지금부터 인생의 한창 시절이 열릴 테니. 페르세포네 여신이시여, 저승의 하데스 손에 끌려가실 때 수레에서 떨어뜨리신 꽃이 있었으면 좋을 텐데요. 제비가 날아오기도 전에 피어나 3월의 바람을 사로잡는 수선화, 봉오리를 숨기고 있지만 헤라 여신의 눈꺼풀보다, 퀴테라에서 태어나신 아프로디테 여신의 숨결보다 향기로운 제비꽃. 처녀들이 흔히 그러하듯, 태양신 아폴론 신도 보지 못하고 빈혈증으로 죽은 처녀의 창백한 원혼 앵초 꽃, 위풍당당한 왕벚나무 꽃과 왕관초, 온갖 종류의 백합, 참붓꽃. 이런 꽃들이 없네요. 있으면 꽃다발을 만들어 너희에게도 뿌려 주고 귀하신 나의 그분에게도 뿌려 드릴 텐데.

츔로리젤 죽은 사람에게 뿌리듯이 말인가요?

페르디타 아니에요. 연인들이 노닐 언덕에다 뿌리듯이요. 죽은 사람에게 뿌리듯 하는 것이 아니고요. 매장될 이에게 뿌리는 것이 아니라 살아서 제 몸에 안기는 이에게 뿌리는 것이랍니다. 꽃을 받으시지요.

〔꽃을 건네며〕

연극에 나오는 여자 흉내를 내었나 봅니다. 빌려 입은 이 옷 때문에 제 기분이 달라졌나 봅니다.

그대는 무엇을 하든 앞서 한 것에서 한걸음 더 나아가요. 그대가 말문을 열면, 그 소리 하도 달콤해서 끝없이 계속되었으면 싶고, 그대가 노래를 부르면, 물건 사고팔 때도 노래로 하고 불우한 이웃을 도울 때도 노래로 하고 기도도 노래로 하고 아랫사람 부릴 때도 노래로 했으면 좋겠다 싶어요. 그대가 춤을 출 때면, 나는 그대가, 잠시도 가만히 있는 법이 없는 바다의 파도였으면 좋겠다 싶어요. 파도가 그렇듯이 움직이며 또 움직이며 오로지 춤만 추었으면 좋겠다 싶어요. 그대의 몸짓 하나하나는 견줄 데 없이 특별해서 그대의 행동 하나하나가 여왕에 견주어도 손색이 없을 만큼 고귀해 보입니다.

페르디타   도리클레스 도련님, 칭찬이 지나치십니다. 도련님의 젊음과, 밖으로 드러난 진실한 마음 쓰임새가 도련님을 영락없는 양치기로 보이게 만들었기에 망정이지, 그렇지 않았다면 도련님이 달콤한 말씀으로 저에게 거짓 청혼을 하고 있다고 여겨 경계했을 것입니다.

플로리젤   거짓 청혼할 뜻은 전혀 없으니, 그대가 나를 경계할 일은 없지요. 춤이나 춥시다. 손을 이리 주세요, 페르디타. 붙었다 하면 떨어질 줄 모르는 산비둘기 한 쌍처럼 춤을 춥시다.

페르디타 　그러고말고요.

〔둘만 떨어져서 이야기를 나눈다.〕

폴릭세네스 　〔카밀로에게〕 풀밭에서 길길이 뛰는 미천한 소생 중에 일찍이 저렇게 아름다운 아이가 있었나 싶소. 저 아이의 몸짓 하나하나에서 기품이 느껴져요. 이런 곳에서 살기에는 어울리지 않는 기품.

카밀로 　왕자님께서 무슨 말을 하셨는지 처녀가 낯을 붉힙니다. 저 처녀야말로 5월 축제의 여왕 같습니다.

시골 청년 　자, 풍악을 울려라!

도르카스 　풍악도 풍악이지만, 몹사가 당신 애인이잖아. 몹사와 입 맞추려면 마늘을 먹어야 할 걸. 몹사의 입 냄새가 지독하니까.

목사　　　　무엇이 어쩌고 어째!

시골 청년　　그만 좀 해, 입 다물라고. 사람이 예의가 있어야지.
　　　　　　풍악을 울려라!

　　　　　　　　　　〔음악이 울려 퍼진다. 양치기들이 어울려서 춤을 춘다.〕

폴릭세네스　노인장, 따님과 춤을 추는 저 잘생긴 청년이 누군지
　　　　　　말해 주실 수 있겠소?

양치기 노인　도리클레스라고, 자기 말로는, 굉장한 땅 부자의 아
　　　　　　들이라고 자랑이 대단하답니다. 나 역시 저 청년으
　　　　　　로부터 직접 들은 바라 그러려니 하고 있지요. 정직
　　　　　　한 청년인 듯해요. 내 딸을 사랑하고 있다고 하는데,
　　　　　　내가 봐도 그런 것 같소이다. 가만히 내 딸의 눈을
　　　　　　지그시 바라보는 저 청년의 눈을 보면, 흡사 호수를
　　　　　　비추는 달님 같아요. 솔직히 말씀드려서, 누가 누구
　　　　　　를 더 사랑하느냐, 이렇게 따져 볼 필요가 없어요.
　　　　　　그 차이래봐야 미미한 것이니까.

폴릭세네스　춤을 아주 잘 추는군요.

양치기 노인　무엇이든 그렇게 잘한답니다. 내 입으로 말하기가
　　　　　　좀 그렇습니다만, 도리클레스 청년이 내 딸을 데려
　　　　　　간다면 땡을 잡아도 큰 땡을 잡는 거지요.

　　　　　　　　　　　　〔하인 등장〕

주인어른, 문밖에 와 있는 떠돌이 장사꾼의 말을 한 번만 들어 보시면요. 앞으로는 작은 북 소리나 피리 소리는 싱거워서 들어도 춤을 못 추실 것입니다요. 백파이프도 마찬가지고요. 이 장사꾼은 화려한 창법으로 노래를 술술 뽑아내는데, 그 빠르기로 말하자면 주인어른 돈 세시는 것보다 빠릅니다요. 노래책을 통째 삼켰는지 모르는 노래가 없는데, 모두들 따라 부르느라고 난립니다요.

때맞추어 잘 왔군. 들여보내라. 나는 노래가 좋더라. 슬픈 사연을 즐겁게 부르든, 기쁜 사연을 슬프게 부르든.

남자가 부르는 노래, 여자가 부르는 노래, 긴 노래, 짧은 노래, 모르는 노래가 없습니다. 아무리 재고가 많은 장갑 장사라도 이 양반의 노래 재고는 못 따라갈 것 같습니다. 이 양반은 젊은 여자들에게 사랑노래를 불러주는데 묘한 것은, 후렴이 없어요. 뭐, 연장이니, 교성이니, 올라탄다느니, 한다느니, 뭐 이런 말이 들어가는 후렴 있잖습니까? 입이 험한 녀석이 섞여 있다가 노래에다 천박한 가사를 집어넣으려 들면 이 양반은 젊은 여자들에게 "어머, 어머, 이러지 마세요." 이렇게 소리를 지르게 해서 무안을 준답니다.

폴릭세네스　　거참 대단한 사람인 모양이군.

시골 청년　　그럴 겁니다.

거참 재주가 비상하고 수완이 좋은 사람인 모양이다. 그런데 물건은? 그럴듯한 신품도 있대?

하인　　리본이라면 무지개 일곱 색깔이 다 있고, 여성용 허리끈이라면 보헤미아 매춘부들의 허리끈을 다 합친 것보다 많답니다. 도매금으로 떼 온다니 그럴 수밖에요. 그밖에도 리넨으로 짠 허리띠, 털실로 짠 허리띠, 아마포 손수건, 아마포 옷감도 있어요. 이 양반은 이런 것들을 신이나 여신들 이름이라도 되는 것처럼 노래로 지어 부르는데, 이렇게 부르면 여자 속옷 이름이 여자 천사 이름처럼 들린다고 하네요. 수놓인 가슴 장식이나 소매 장식을 찬양하는 것을 보면 속옷이 꼭 천사 같아진다니까요.

시골 청년　　제발 좀 데리고 들어오너라. 그리고 노래를 하면서 들어오라고 해라.

페르디타　　노래 속에 상스러운 말을 담지 못하도록 단단히 타이르세요.　　　　　　　　　　　〔하인, 문 쪽으로 간다.〕

시골 청년　　장사꾼들 중에는 네가 생각하는 것보다 괜찮은 사람들이 많단다.

페르디타   그래, 오빠. 하지만 다시 생각해 봐야 할 사람도 있지.

〔아우톨뤼코스, 노래하며 등장〕

아우톨뤼코스   *바람에 쓸린 눈보다 더 하얀 리넨*

까마귀 낯바닥보다 검은 상복

다마스쿠스 장미만큼이나 향기로운 장갑

얼굴 가리개에다 코 가리개

검은 구슬 팔찌, 호박 목걸이

숙녀의 방에 어울리는 향수

금빛 모자와 가슴 가리개

강철로 만든 바늘과 다리미는

신부들에게는 필수품.

머리에서 발끝까지 필요한 것이 있는 아가씨들은

오세요. 와서 사세요. 구경하고 사 가세요.

총각들도 오세요. 안 그러면 처녀들이 울어요.

어서 오세요.

시골 청년   몹사를 사랑하지 않았다면 한 푼도 쓰지 않았겠지
만, 사랑의 포로가 되었으니 나 역시 리본과 장갑으
로 꽁꽁 묶어 끌고 갈 수밖에.

몹사	축제 시작 전에 사 주겠다고 약속했으니까, 지금도 그리 늦지는 않았어요.
도르카스	약속한 것은 그것만이 아닐걸. 아니라면 둘 다 거짓말쟁이일 테지.
몹사	너한테 약속한 것도 다 줬을걸. 약속했던 것보다 훨씬 많이 줬을지도 모르지. 창피한 줄 알거든 되돌려 주겠다는 소리는 말아.
시골 청년	여자들 사이에서는 예의범절이 없어도 되는 거야? 얼굴이 있어야 할 곳에 벌거벗은 아랫도리를 달고 다닐 셈이야? 소젖 짤 때, 잠자리에 들었을 때, 부뚜막 앞에 앉아 있을 때 재잘거린 것도 모자라 손님 잔뜩 모인 잔칫집에서 재잘거리게? 이제 됐으니까, 입들 다물어.
몹사	알았어요. 그러니까 화려한 레이스와 향수 뿌린 장갑이나 사 줘요.
시골 청년	그러지 않던? 길에서 사기를 당해 돈을 모조리 털렸다고.
아우톨뤼코스	그러게 말입니다. 사방에 사기꾼들입니다. 정신 똑바로 차리고 다녀야 합니다.
시골 청년	걱정할 필요 없어요. 여기에는 내놔도 가져갈 사람이 없어요.

아우톨뤼코스 부디 그랬으면 좋겠습니다. 값나가는 물건이 워낙 많아서요.

시골 청년 이건 뭐요? 노래 책인가요?

뭉사 좀 사 주어요. 나는 노래 책이 너무 좋더라. 책에 노래가 턱 하니 찍혀 있어서 얼마나 실감나는데?

아우톨뤼코스 이건 어떻습니까? 노래 가사가 슬픈 음악에 잘 어울리는데요. 한 고리대금업자의 아내가 진통 끝에 돈 스무 자루를 낳고는, 살모사 대가리와 칼집을 내어서 구운 두꺼비를 먹고 싶어했다는 내용인데요.

뭉사 실화라고 생각하세요?

아우톨뤼코스 그럼요. 한 달 전에요.

도르카스 고리대금업자한테는 시집을 못 가겠네?

아우톨뤼코스 여기 돈 자루 낳는 것을 도운 여자의 이름도 있습니다. 테일포터 부인, 즉 수다쟁이 부인입니다. 그리고 당시에 함께 있던 정직한 부인네 대여섯의 이름도 있네요. 제가 뭣하러 거짓말을 퍼뜨리겠습니까?

뭉사 사 주어요. 부탁이에요.

시골 청년 이건 잠시 놔두고 다른 노래들도 좀 보자. 다른 것들은 곧 살 것이니.

아우톨뤼코스 여기 물고기 노래가 있습니다. 4월 80일 수요일, 4만 길 깊은 바다에서 해변으로 올라온 이 물고기는 쌀

쌀맞은 처녀들에게 경종을 울리기 위해 이 노래를
불렀다는 것입니다. 이 물고기는 원래 여자였는데,
그 여자를 사랑하는 사람의 사랑을 한사코 거절하
다 그만 물고기가 되어 버렸다는 것입니다. 물론 실
화입니다.

도르카스 정말 그런 일이 있었을까요?

아우톨뤼코스 판관 다섯 분의 서명이 있습니다. 목격자도 수없이
많습니다.

시골 청년 그것도 놔두시오. 다른 것은.

아우톨뤼코스 이건 흥겨우면서도 매우 아름다운 노래입니다.

몹사 흥겨운 노래, 좋죠.

아우톨뤼코스 아주 흥겨운 노래랍니다. 제목은, 한 남자에 두 여
자. 인기가 하늘을 찔러요. 서부 지방에 가면 이 노
래 모르는 처녀는 찾아보기 힘들답니다.

몹사 함께 불러 보지요. 너도 같이 불러 주면 제대로 부
를 수 있어. 삼중창이거든.

도르카스 한 달 전에 가락을 배웠잖아.

아우톨뤼코스 저도 함께 부르겠습니다. 아시다시피 노래하는 것
이 제 직업이지 않습니까. 함께 해 볼까요.

〔노래 시작〕

아우톨뤼코스	돌아가 다오. 나는 가야 한다,
	너희들이 알아서는 안 되는 곳으로.
도르카스	어디로?
몹사	어디로?
도르카스	어디로?
몹사	내게 한 맹세를 기억한다면
	그대의 비밀을 말해 주세요.
도르카스	나도 같이 갈래요.
몹사	그대 가시는 곳이면 창고든 물레방앗간이든.
도르카스	어디로 가든 못된 짓 할 테지.
아우톨뤼코스	둘 다 아니다.
도르카스	둘 다 아니라고요?
아우톨뤼코스	아니다.
도르카스	사랑한다고 맹세했잖아요.
몹사	날 더 사랑한다고 맹세했잖아요.
	어디로 가시나요? 말해 줘요, 어디로 가시나요?

시골 청년	이 노래는 나중에 우리가 끝내도록 하자. 우리 아버
	지와 두 분 손님께서 진지하게 말씀 나누시는 데 방
	해가 되겠어. 그 보따리 들고 날 따라오시오. 두 사
	람에게 다 사 주지. 처음에 골라 놓았던 것들 전부

다. 가자, 날 따라와.　〔도르카스와 몹사와 함께 퇴장한다.〕

좀 비쌀 거다.

〔노래를 부르며 따라 퇴장〕

리본을 사시겠어요,

아니면 외투에 달 레이스를 사시겠어요,

예쁘고 귀여운 우리 아가씨?

온갖 비단과 온갖 색실을 사시겠어요,

자잘한 머리 장식을 사시겠어요?

최신품, 최고급품, 최신 유행이랍니다.

어서 어서 오세요, 장사꾼한테로 오세요.

돈이란 거간꾼 같은 것

세상사 껴들지 않는 데가 없다니까요.　　　　〔퇴장〕

〔하인 등장〕

하인　　주인어른, 밖에 마차꾼 셋과 양치기 셋, 목동 셋과
　　　　돼지치기 셋이 털가죽을 입고 춤추러 왔습니다요.
　　　　자칭 뜀뛰기를 잘하는, 숲의 요정 살티어스라나 사
　　　　디로스라나, 좌우지간 그것들인데, 처녀들 말로는

난동도 그런 난동이 없다고 합니다요. 점잖은 분들에게는 다소 과격하게 보일 수 있어도 그네들 말로는 아주 재미있는 춤이라고 합니다.

양치기 노인 됐다! 필요 없다. 미친 광대놀음은 이제 신물이 난다. 죄송합니다. 이거, 저희 때문에 지치셨겠습니다.

폴릭세네스 노인장 때문에 흥을 돋우러 온 사람들이 오히려 지쳤겠소. 세 명씩 네 패라는 그 목동들을 어디 한번 봅시다.

하인 그중 한 패는, 국왕 전하의 앞에서 춤을 춘 적도 있다고 합니다. 개중에서 제일 못 뛰는 사람도 자로 잰 듯이 정확히 열두 자를 뛴다고 합니다.

양치기 노인 그만 좀 떠들어라. 이분들이 좋다고 하시니 들여보내라, 얼른.

하인 바로 문 밖에 대령하고 있습니다, 주인 어르신.

〔문 쪽으로 간다.〕

〔열두 명의 사티로스가 춤을 춘다.〕

폴릭세네스 〔양치기 노인에게〕 도리클레스가 따님을 데려가면 땅을 잡을지 어떨지는 차차 아시게 될 것이고.

〔카밀로에게〕 너무 오래 지체한 것 아니오, 가 봐야 할 것 같은데. 노인장이 단순해서 속을 쉽게 드러내는군.

〔플로리젤에게〕 어이, 미남 목동, 어디에 정신을 팔고

147

있는지 축제에는 관심이 없어 보이네? 사실은 나도 자네처럼 젊고 자네처럼 사랑에 빠졌을 때는 소소한 선물을 수도 없이 사서 선사하고 그랬지. 나 같으면 장사꾼의 비단 보따리를 빼앗아서라도 들고 와 사랑하는 처녀 앞에 펼쳐 놓고 마음대로 골라 가지라고 할 텐데. 자네는 흥정 한번 해보지 않고 장사꾼을 돌려보내더군. 자네 연인이 자네를 보고 사랑이 모자라서 그렇다느니, 인색해서 그렇다느니 하면 자네는 할 말이 없을 것 같은데. 연인을 행복하게 해주고 싶어한다면 그러는 게 아니지.

플로리젤 어르신, 제가 잘 아는데요, 저의 연인은 그렇게 하찮을 것들을 별로 귀하게 여기지 않는답니다. 저의 연인이 받고 싶어하는 것은 제 가슴속에 꼭꼭 숨기고 자물쇠까지 꼭꼭 채워 잠그던 선물인데요, 저는 벌써 그것을 선사했답니다. 건네지 않았을 뿐이지만요.

[페르디타에게] 내 사랑의 맹세에 귀 기울이세요. 한때는 나처럼 사랑에 빠지셨을 듯한 이 어르신 앞에서 나는 그대의 손을 잡고 맹세합니다. 부드러운 비둘기 털 같이, 에티오피아 흑인의 치아 같이, 북풍에 흩날리는 눈처럼 흰 그대의 손을 잡고 맹세합니다.

〔페르디타의 손을 잡는다.〕

폴릭세네스 점입가경이로구나. 그렇잖아도 하얀 저 처녀의 손이. 저렇게 만지면 또 얼마나 더 하얘지려나. 자네 말허리를 잘라서 미안하네. 어쨌든 사랑의 맹세, 계속해 보게. 어디 들어 보세.

플로리젤 네. 그리고 증인이 되어 주십시오.

폴릭세네스 내 옆에 있는 내 친구가 들어도 되겠는가?

플로리젤 친구 분뿐만 아닙니다. 세상 사람들이 모두, 하늘땅까지 들어도 좋습니다. 제가 힘 있는 왕국의 왕관을 쓴, 덕 있는 임금이 된다고 하더라도, 제가 훤칠한 청년이 되어 뭇 여성들의 선망의 대상이 된다고 하더라도, 세상 어느 누구보다 많은 힘과 지식을 얻게 된다고 하더라도, 내 연인의 사랑이 없으면 그걸 어디에다 쓰겠습니까? 연인을 위해서 쓸 수 있다면 모르겠지만 그렇지 않다면 다 쓸모없는 것들입니다.

폴릭세네스 근사한 맹세군, 그래.

카밀로 진정한 사랑 없이 저렇게 말할 수 없을 것입니다.

양치기 노인 페르디타, 너도 같은 맹세를 할 수 있겠느냐?

페르디타 저렇게 잘할 수는 없습니다. 무슨 말을 해도 저렇게 잘할 수는 없습니다. 없고말고요. 그렇게 하고 싶은 생각도 없고요. 제 마음으로 미루어 저분 마음도 그

149

러하리라고 짐작할 뿐입니다.

양치기 노인   그럼, 손을 잡아라. 성사되었다! 새 친구들이여, 증
         인이 되어 주십시오. 나는 내 딸을 이 청년에게 주
         고, 청년이 가지고 있는 재산만큼의 혼수를 내놓겠
         습니다.

플로리첼   저는 따님의 고귀한 품성만을 혼수로 받겠습니다.
         누군가가 세상을 떠나시게 되면 저는 어르신께서는
         상상도 못하실 만한 재산을 상속받게 됩니다. 놀랄
         만큼 많은 재산을요. 하여튼 어르신, 두 분 어르신
         들을 증인으로 저희를 맺어 주십시오.

양치기 노인   자, 손을 이리 주게. 페르디타, 네 손도.

폴릭세네스   여보게, 잠깐. 자네 아버지가 계시는가?

플로리첼   계십니다만, 그분과 무슨 상관이 있습니까?

폴릭세네스   이 일을 알고 계시는가?

플로리첼   모르십니다. 알릴 생각도 없습니다.

폴릭세네스   아버지라는 분은 아들의 혼례에 가장 잘 어울리는
         손님일세. 내 물을 테니 대답해 보게. 아버지께서는
         나이가 드셔서 이성적인 판단을 내리실 수 없는가?
         나이가 드셔서 관절염을 앓으시거나 신병이 잦으신
         가? 말씀을 못하시는가? 못 들으시는가? 사람을 못
         알아보시는가? 자신만 생각하는 이기적인 분이신

150

가? 병 드셔서 자리보전에 들어가셨는가? 노망이 드셔서 어린아이처럼 구시는가?

플로리젤   아닙니다, 어르신. 오히려 연세에 비해 건강하시고 연배의 어르신들에 견주어 힘도 좋으십니다.

폴릭세네스   내 이 흰 수염에 걸고 맹세코 말하지만, 사실이 그렇다면 자네는 자네 아버지에게 불효를 하고 있는 것이네. 아들이 아내를 고르고 싶어하는 것은 인지상정이라는 것을 나도 아네. 하지만 손자 재롱 보는 것이 유일한 낙일 터인 아버지가 이런 일에 관여하고 싶어하는 것 또한 인지상정 아니겠는가?

플로리젤   옳으신 말씀입니다. 하지만 존경하는 어르신, 말씀드릴 수 없는 사정이 있어 아버지께 이 일을 알릴 수 없는 것입니다.

폴릭세네스   알려야 하네.

플로리젤   그럴 수 없습니다.

양치기 노인   알려 드려라. 네가 누굴 선택했는지 아시면 노하지 않으실 게다.

플로리젤   안 됩니다, 아버지께서 아셔서는 안 됩니다. 혼인을 지켜봐 주십시오.

폴릭세네스   파혼이나 지켜봐 주마, 이놈아.

〔모습을 드러낸다.〕

151

아들이라고 감히 부르지도 못하겠구나. 네 놈은, 내 아들로 인정하기에는 너무나도 야비하다. 왕좌를 물려받을 놈이 양치기의 작대기 같은 여자와 놀아나? 그리고 너, 늙은 역적 놈, 네 놈의 목을 지금 여기에다 매달아도 네 놈의 목숨을 일주일밖에 앞당겨 줄 수 없어 유감스럽구나. 그리고 너, 젊고 상판대기도 반반한 것이 요술을 부린 모양이구나. 요술을 부릴 줄 안다면 네 상대가 왕가의 멍청한 아들이라는 것도 알았을 터!

양치기 노인 아, 세상에, 이럴 수가!

폴릭세네스 내 너의 그 고운 얼굴을 찔레 덩굴로 할퀴게 해서 지금보다 훨씬 비참하게 살게 하겠다.

그리고 어리석은 이 녀석아, 너는 지금부터 이 계집을 더 이상 볼 수 없을 터인데, 만나지 못하는 것을 한탄하여 한숨 한 번만 쉬어도 나는 너에게 왕위를 물려주지 않는 것은 물론 왕가의 핏줄로도 인정하지 않겠다. 나와 너는, 나와 인류를 창조한 데우칼리온과의 관계보다 더 멀어진다는 말이다. 명심하라. 우리를 따라 왕궁으로 돌아가자.

그리고 너, 촌뜨기 영감, 내 심기가 매우 편하지 못하다마는, 이번만은 극형에 처하지 않겠다.

그리고 너, 양치기에게나 어울릴 마녀 같은 계집, 왕가의 명예가 걸린 문제가 아니었더라면 너는 멍청한 내 아들에게는 과분한 계집일 것이나, 행여 네가 다시 이 오두막 빗장을 풀어 왕자를 맞거나, 포옹으로 왕자의 육신에 빗장을 채우는 날에는, 네 연약한 몸으로는 도저히 감당할 수 없을 만큼 잔인한 죽음이 너를 기다릴 것이다. 〔퇴장〕

페르디타 끝났습니다. 모든 것이 끝났지만 두렵지는 않습니다. 전하를 찾아뵙고 분명하게 말씀드릴까 하는 생각을 한두 차례 하기는 했습니다. 왕궁을 비추는 바로 그 태양이 우리 오두막도 골고루 비추어 준다고요. 왕자님, 이제 가 주시겠습니까? 이런 일이 있을 것이라고 제가 말씀드렸지요. 부탁이오니, 왕자님, 귀하신 몸을 소중히 보중하십시오. 저는 이제야 꿈에서 깨어났습니다. 보헤미아 왕비의 꿈이 되었든 양털깎기 축제의 여왕의 꿈이 되었든 이제는 꾸지 않겠습니다. 양젖이나 짜면서 눈물로 세월을 보내는 수밖에요.

카밀로 이것 보시오, 노인장. 그렇게 상심하시다 몸이 상하겠소. 한 말씀 해보시지요.

양치기 노인 말도 할 수 없고, 생각도 할 수 없고, 새로 알게 된 것을 안다고 할 수도 없습니다.

〔플로리젤에게〕 왕자님, 왕자님께서는 여든세 살 먹은 늙은이의 신세를 망쳐 놓으셨습니다. 제 아버지가 그러셨듯이 잠결에 숨을 거두고는, 조용히 아버지 유해 곁에 묻히고 싶어하던 이 늙은이의 신세를요. 그런데 이제는 사형 집행관이 씌워 주는 자루를 뒤집어쓰고 교수대에 매달린 다음 그 아래 묻히겠지요. 수의 입혀 주는 사람도 없이, 사제의 기도도 없이.

〔페르디타에게〕 이 망할 계집, 너는 이분이 왕자님이라는 것을 알면서도 사랑을 맹세하는 이런 무모한 짓을 저질렀구나. 끝났다. 끝났어. 내가 한 시간 전에만 죽었더라도 천수를 누렸다고들 했을 것을.   〔퇴장〕

플로리젤 〔페르디타에게〕 왜 그런 눈으로 나를 보는 것이지요? 나는 미안하기는 하나 두렵지는 않아요. 우리의 약속은 잠시 연기된 것일 뿐, 달라진 것은 아무것도 없어요. 오늘의 나와 어제의 나는 다르지 않아요. 붙잡으면 붙잡을수록 앞으로 더 나아갈 뿐, 가죽 끈에 질질 끌려가지는 않아요.

가밀로 왕자님, 전하의 성미는 왕자님도 잘 아시지요. 지금은 무슨 말씀을 드려도 들으려 하지 않으실 것이고, 왕자님께서도 말씀을 여쭙고 싶지 않으실 것입니다. 안타까운 일이나, 전하께서도 왕자님 뵙는 것을 바라지 않으실 듯하니, 전하께서 노여움을 거두실 때까지는 전하 앞에 나서지 마셨으면 합니다.

플로리젤 나타날 생각도 없어요. 그런데, 카밀로 경 아니십니까?

카밀로 그렇습니다, 왕자님.

페르디타 이렇게 될 거라고, 몇 번이나 말씀드렸습니까? 사실이 사실대로 밝혀지면, 왕자님의 사랑을 받는 것도 그날로 끝이라고, 얼마나 누누이 말씀드렸습니까?

플로리젤 달라진 것은 아무것도 없어요. 내가 사랑의 맹세를 깨뜨리지 않는 한 아무것도 달라지지 않아요. 대자연이 지구 옆구리를 들이받아 만물의 종자가 박살나는 일이 일어나지 않는 한, 내가 맹세를 깨뜨리는 일은 일어나지 않아요. 자, 고개를 드세요. 아바마마, 왕위 계승권을 박탈하세요. 저는 왕위의 계승자가 아닌, 사랑의 계승자가 되겠습니다.

카밀로 자포자기하셔서는 안 됩니다.

플로리젤 그래도 상관없어요. 사랑으로부터 조언을 구하되, 나의 이성이 사랑에 복종하겠다고 한다면 이성을 따르겠지만, 복종하지 못하겠다면 나는 감정을 따라 차라리 광기를 택하고, 그 광기를 기꺼이 맞아들이겠소.

카밀로 그렇게 심한 말씀을 하시다니요.

플로리젤 그래도 어쩔 수 없소. 이렇게 해야 나는 내가 한 사랑의 맹세를 지킬 수 있는 데다 명예까지도 지킬 수 있소. 카밀로 경, 나는 여기에 있는 이 사랑스러운 연인과 한 맹세를 깨뜨릴 수 없소. 보헤미아 땅, 보헤미아에서 누릴 수 있는 온갖 부귀영화를 준다고 해도, 태양이 굽어다 보는 것, 대지가 품고 있는 것, 바다가 그 깊이를 알 수 없는 심연에 감추고 있는 것을 모두 준다고 해도 나는 못합니다. 그러니 부탁이오. 경은 전하의 두터운 신뢰를 얻고 있는 분이니, 내가 사라진 다음에도, 그래요, 나는 아버님을 다시 뵙지 않을 생각이오만, 아버님을 위로해 주시고 아버님의 노여움을 풀어 주세요. 나는 앞으로 나의 운명과 싸울 것인즉, 경께서도 유념하셨다가 아버님께 전해 주세요. 이 땅에서는 살아갈 수 없는 여인과 함께 나는 바다로 나갈 것이오. 미리 알고 준비한 것은 아니지만 마침 가까운 항구에 배가 한 척 정박해 있소. 어디로 가는지는 경이 알아서 득 될 것이 없고, 나 또한 일러 드리고 싶지 않아요.

카밀로 왕자님, 충고 앞에서 조금 나약하시거나, 닥칠 일

앞에서 강건하셨으면 합니다.

플로리젤 할 말이 있어요, 페르디타.

〔카밀로에게〕 곧 돌아오겠소.

〔페르디타를 구석으로 데리고 간다.〕

카밀로 〔혼잣말로〕 꿈쩍도 않으시는구나. 정말 이 나라를 떠나실 모양이구나. 이 기회에 뱃길을 내 뜻대로 돌릴 수 있다면 왕자님을 위험에서 구해 드려 믿음과 충성을 바칠 수 있고, 그리운 시칠리아와, 내가 모시던 국왕이시자 그토록 뵙고 싶어하던 가엾은 전하도 다시 뵐 수 있을 터인데.

플로리젤 카밀로 경, 복잡한 일을 처리하려니 작별인사를 제대로 나눌 겨를이 없습니다.

카밀로 왕자님, 저는 능력이 없는 사람입니다만, 정성을 다하고 최선을 다해 전하를 모셔 왔습니다. 왕자님께서도 아시겠지요.

플로리젤 알고말고요. 전하께서 경의 공적을 찬양하시기를 음악 듣는 것보다 좋아하시는 걸 내가 모를 리 있습니까? 생각으로만 그러시는 게 아니고 실제로 보상하는 것도 유념하고 계십니다.

카밀로 왕자님, 제가 전하께 충성을 다하고, 전하와 가장 가까우신 왕자님께도 충성을 다한다는 걸 알아주신다면, 그리고 왕자님께서 그동안 세운 계획을 수정할 수 있으시다면, 부디 저의 제안을 받아들여 주십시오. 왕자님 지체에 어울리는 대접을 받을 수 있는 곳을 제가 천거하겠습니다. 그곳에서라면, 왕자님께서 도저히 버릴 수 없는 여인과 혼인을 하실 수도 있습니다. 왕자님께서 자리를 비우실 동안 제가 열심히 노력한다면 심기 불편하신 전하의 마음을 돌릴 수도 있을 것입니다.

플로리첼 카밀로 경, 어떻게 그런 기적 같은 일이 일어날 수 있다는 말이오? 그렇게만 된다면 내가 어떻게 경을 여느 사람으로 대하겠습니까? 그렇게만 된다면 내가 어떻게 경을 믿고 따르지 않을 수 있겠습니까?

카밀로 어디로 가실지는 생각해 보셨습니까?

플로리첼 아직 거기까지는 생각이 미치지 못했어요. 생각지도 못한 일이 터지는 바람에 이렇게 황망하게 떠나려 하니, 운명의 노예이자 바람에 날리는 날파리 꼴이 되고 말았어요.

카밀로 그렇다면 제 말대로 하십시오. 왕자님께서 생각을 바꾸지 않고 기어코 떠나시겠다면 이렇게 하십시오. 시칠리아로 가십시오. 가서 레온테스 전하께 인사 올리시고, 장차 왕자님의 아내가 되실 분을 소개하십시오. 당연히 왕자님의 연인에 어울리게 차려입으셔야 할 테지요. 레온테스 전하께서 가슴을 활짝 열고 눈물을 흘리며 왕자님을 환영하시는 모습이 눈에 보이는 듯합니다. 전하께서는, 폴릭세네스 전하께서 그 자리에 계시기라도 한 듯이 왕자님께 용서를 빌 것이며, 왕자님의 약혼자의 손에 입을 맞추실 뿐만 아니라 과거의 잘못에 대한 반성과 미래의 보상에 대해 두서없이 말씀하실 것입니다. 과거의 잘못은 분노와 슬픔으로 저주하시고, 왕자님께 베풀 호의는 사람의 생각이나 시간보다 더 빨리 자라나기를 바라실 것입니다.

플로리젤 카밀로 경, 어떤 연유로 그 나라를 방문하게 되었다고 여쭈지요?

카밀로 부왕이신 폴릭세네스 전하의 명을 받고, 레온테스 전하께 인사를 올리고 위안의 말씀을 전하기 위해 방문하셨다고 하시면 됩니다. 구체적인 위안 인사는 두 분 전하와 저만 알고 있는 것이니 차후에 조목조목 적어 드리겠습니다. 나중에 그걸 읽으시고 그대로 말씀하시면, 레온테스 전하께서는 부왕 전하의 뜻을 전한다고 믿지 않으실 수 없을 것입니다.

플로리젤 경만 믿겠습니다. 이제 희망이 보입니다.

카밀로 당연히 희망이 보이실 테지요. 왕자님께서는 지도 없는 바다나 인적 없는 해안에 몸을 맡기려 하셨습니다. 그렇게 떠나면 재난을 면할 수 없습니다. 희망이 있을 리 없지요. 한고비를 넘으면 또 한고비가 기다리는 법이지요. 믿을 만한 것은 닻뿐일 터이나, 그 닻의 소임 또한, 머물기 싫은 곳에 왕자님을 묶어 두는 것에 지나지 않은 것. 왕자님께서도 아시다시피 사랑이란 행운과 더불어 돈독해지는 법입니다. 불행은 사랑으로 하여금 겉으로는 얼굴색을 변하게 하고 안으로는 마음을 변하게 합니다.

페르디타 한 가지는 맞습니다. 불행이 얼굴색을 변하게 할 수 있습니다만 마음을 변하게 하지는 못합니다.

카밀로 그리 생각하시오? 이런 곳에서 태어나신 분이 어쩌면 그렇게도 총명하시오.

플로리젤 카밀로 경, 페르디타는 태생은 우리에게 미치지 못하나 교양은 우리보다 월등합니다.

카밀로 공부한 것, 안 한 것과는 상관없는 것 같습니다. 공부 많이 한 선생들도 이분에게 배워야 할 것 같습니다.

페르디타 지나친 칭찬이어서 몸 둘 바를 모르겠습니다.

플로리젤 아, 페르디타, 우리가 서 있는 곳이 가시밭이오. 옛날에는 아버님을 살리시고 이번에는 우리를 살리신 우리 집안의 구세주시여. 이제 어떻게 하면 좋겠습니까? 꼴이 이 모양이라서 보헤미아 왕자 같지 않아서 시칠리아에서는 믿어 주지 않을 테니.

카밀로 왕자님, 아시다시피 저의 전 재산이 시칠리아에 남아 있습니다. 제가 대본을 쓴 연극에 왕자님을 출연시키듯이, 왕자님 지체에 어울리게 다 마련해 드릴 터이니 아무 걱정 마십시오. 왕자님 걱정을 덜어 드리자니 한 말씀 여쭙지 않을 수가 없습니다.

〔둘만 이야기를 나눈다.〕

〔아우톨뤼코스 등장〕

아우톨뤼코스 하하, 정직이라는 놈, 거참 어리숭하구나. 정직의 의형제인 진실이라는 놈도 순진하기 짝이 없어. 물건 같잖은 물건을 다 팔아 치웠네? 가짜 보석, 리본, 거울, 향내 나는 구슬, 브로치, 공책, 노래 책, 칼, 띠, 장갑, 신발 끈, 팔찌, 뿔 반지 모두 팔았더니 보따리가 단식하는 놈 뱃가죽처럼 홀쭉해졌어. 내가 파는 장신구가 무슨 부적이라도 된다고 하더냐? 그걸 달고 다니면 복이라도 받는다고 하더냐? 서로 먼저 사려고 대가리 터지게 싸우게? 그 틈에 어느 연놈의 주머니가 두둑한지 확인하고는 기억해 두었지. 그 시골뜨기 녀석, 하기야 분별 있는 놈이 이런 데 살 리 없지. 계집들에게 홀딱 빠져 가지고는, 계집들이 노래 가사 다 외울 때까지 발가락 하나 꼼짝 않고 넋을 놓고 있는 꼴이라니. 다른 년들은 또 어떻고? 노래 듣는 데 정신이 팔려, 내가 점잖은 사람이었기 망정이지, 속치마에 손을 넣었어도 몰랐을 거야. 바지 주머니의 돈지갑 끊어 내기는 식은 죽 먹기. 열쇠가 쇠사슬에 매달려 있어 봐라, 내가 못 끊어 내나? 이 장사꾼 나리의 노래에 정신이 팔려 듣지도 느끼지도 못하는 것들! 덕분에 축제에 쓰려고 두둑하게 채워 온 그들의 돈주머니를 거의 털었다. 양치기 늙은이가 왕자가 어쨌느니 딸이 어쨌느니 난리를 피우며, 왕궁에 몰려든 갈까마귀 떼 쫓듯이 촌것들을 쫓지 않았더라면, 돈주머니라는 돈주머니는 하나도 남김없이 털 수 있었을 것을.

〔카밀로, 플로리젤, 페르디타가 앞으로 나온다.〕

카밀로 하지만 이 방법을 쓰면 왕자님께서 도착하시는 시간에 맞추어 제 편지가 다다를 테니, 의심이 풀릴 것입니다.

플로리젤 그리고 경이 레온테스 왕으로부터 편지를 받으면······.

카밀로 제가 전하를 안심시켜 드릴 것입니다.

페르디타 참으로 고맙습니다. 경의 말씀을 들으니 만사형통할 것 같습니다.

카밀로 〔아우톨뤼코스를 보고〕 저건 또 누구지? 저자를 이용해야겠습니다. 도움이 될 만한 것은 하나도 무시하지 말고 이용해야 합니다.

아우톨뤼코스 〔혼잣말로〕 아이고, 이 양반들이 방금 내가 한 말을 들었다면 난 교수형감이다.

카밀로 무슨 일이냐? 왜 그렇게 벌벌 떠느냐? 두려워하지 마라, 해치지 않을 테니.

아우톨뤼코스 저는 가난한 놈입니다요, 나리.

카밀로 그러면 계속해서 가난하게. 자네에게서 그 가난을 훔쳐갈 사람은 없을 테니까. 허나, 가난한 자네가 입은 그 가난의 껍데기는 우리 것과 바꿔야겠다. 그러니 당장 벗도록 하게. 사정이 있어서 이러는 것이니 양해하고, 이 신사분의 옷과 바꿔 입게. 자네 옷이 이 신사분의 옷보다 못해 보이나, 그래도 몇 푼 받게. 덤으로 주는 것이니까.

아우톨뤼코스 저는 가난한 놈입니다요, 나리.

〔혼잣말로〕 이 양반이 누구신지, 난 잘 알고 있지.

카밀로　됐으니까 어서 서둘러. 이분은 벌써 절반은 벗으셨다.

아우톨뤼코스　진정으로 하시는 말씀입니까요, 나리?

　　　〔혼잣말로〕 뭔가 수상한 냄새가 나는데.

카밀로　서둘러서 어서 벗게.

아우톨뤼코스　아이고, 진정으로 하시는 말씀이시구나. 하지만 양심상 돈까지 받을 수는 없습니다요.

카밀로　허리띠를 풀게, 풀어.

〔플로리젤과 아우톨뤼코스가 옷을 바꿔 입는다.〕

복 받으신 아가씨, 당연히 복을 받으실 것입니다만, 아가씨도 안전한 곳에 숨어 계셔야 합니다. 왕자님의 모자를 눈썹이 안 보이도록 푹 눌러 쓰고 수건으로 얼굴을 가리세요. 겉옷도 벗으시고, 할 수 있는 한, 겉모습을 다르게 바꾸세요. 감시의 눈길이 있을 것인즉, 배에 오를 때까지는 누구의 눈에 띄어서도 안 됩니다.

페르디타　대본이 그렇게 짜여졌다니, 저도 한 역할 맡겠습니다.

카밀로　방법이 없습니다. 다 끝나셨습니까?

플로리젤　이제 아버님을 뵌다고 해도 그분이 절 아들로 알아보지 못하실 것 같네요?

카밀로　안 됩니다. 모자를 써서는 안 되니 벗으십시오.

〔페르디타에게 준다.〕

어서 쓰십시오, 아가씨. 자네는 가 보게.

아우톨뤼코스 안녕히 계십시오, 나리.

플로리젤 페르디타, 중요한 걸 잊고 있었네요? 잠깐 얘기 좀 하지요. 〔둘만 이야기한다.〕

카밀로 〔혼잣말로〕 이제 남은 일은, 전하를 뵙고 두 분이 도망친 사실과 그 행선지를 알려 드리는 것, 왕자님을 뒤쫓으실 것을 권하고, 전하를 따라 시칠리아로 다시 가는 것이다. 시칠리아를 향한 나의 그리움이여, 아기 밴 여자의 입덧과도 같구나.

플로리젤 행운의 여신이시여, 저희를 축복해 주소서. 카밀로 경, 항구로 가겠습니다.

카밀로 서두를수록 좋습니다.

〔플로리젤과 페르디타 퇴장〕

아우톨뤼코스 알겠다, 알겠어. 밝은 귀, 예리한 눈, 민첩한 손놀림은 소매치기의 기본. 예민한 코도 달고 있어야 한다. 냄새를 맡아야 다른 감각기관이 작업에 들어갈 수 있을 테니까. 그러고 보니 부정한 자들이 날뛰는 시절인 모양이다. 옷 바꿔 입어서 횡재, 돈까지 받아서 횡재! 아주 땡잡았구나. 올해는 신들이 너그럽게 굽어 살피시니, 닥치는 대로 작업 들어가도 괜찮겠구나. 다른 사람도 아닌 왕자가 불법을 자행하려고 한다. 계집까지 하나 달고 아버지의 눈을 피해 도망치고 있다. 전하께 이 일을 알리는 것이 도리일 것이나 그리하지 않겠다. 내가 언제 도리를 지키던 놈이던가? 이것도 먹고 사는 방법이다.

〔꾸러미와 상자를 든 시골 청년과 양치기 노인 등장〕

잠깐 물러나 있어야겠군. 머리를 굴려야 할 일이 또 생겼어. 골목 어귀든, 가게든, 교회든, 법정이든, 조심성 있는 사람에게는 일거리가 생기기 마련이거든. 〔물러선다.〕

시골 청년 답답하세요, 정말 답답하십니다. 전하께 달려가 그 아이는 요정이 바꿔치기한 애라고 말씀드려야 해요. 우리와는 피 한 방울 살 한 점 섞인 것이 없다고 말씀드리는 것 이외에는 방법이 없어요.

양치기 노인 아니, 내 말 좀 들어 보아라.

시골 청년 아니, 제 말씀 좀 들어 보십시오.

양치기 노인 그럼, 어디 들어 보자.

시골 청년 아버지와 피와 살을 나눈 친딸이 아니니, 아버지의 피와 살이 왕을 욕보인 것도 아니지요. 그렇다면 아버지의 피와 살은 벌을 받지 않아도 될 것 아닙니까. 그 아이 옆에서 발견된 것들을 가지고 가서 보여 드리세요. 오늘 페르디타가 목에 걸고 나간 것만 없지 다 있잖아요? 그것을 보여 드리고 법대로 하라고 하세요. 장담하건대, 법도 아버지를 어쩌지 못해요.

양치기 노인　그래, 전하를 뵙고, 있는 그대로 아뢰어야겠다. 왕자님이 우리를 속이셨다는 것도 아뢰어야겠다. 왕자님은 전하께도 정직하지 못했고, 나에게도 정직하지 못하셨다. 세상에, 전하와 나를 사돈으로 만들려고 하셨다니.

시골 청년　그러게 말입니다. 사돈지간이라니 언감생심이지. 그렇게 되었더라면 아버지 피의 값은 한 온스에 얼마가 될지 상상할 수도 없게 뛰었을 테지요.

아우톨뤼코스　[혼잣말로] 녀석들이 머리를 좀 쓰는군!

양치기 노인　그래. 전하를 뵈러 가자. 전하께 이 보따리를 보여 드리면 그 어른 수염깨나 긁적거리시게 될 거다.

아우톨뤼코스　[혼잣말로] 이자들이 왕자의 도주를 더 어렵게 만들 수 있을지도 모르겠군.

시골 청년　전하께서 왕궁에 계셔야 할 터인데.

아우톨뤼코스　[혼잣말로] 나는 정체를 잘 드러내는 사람은 아니지만 경우에 따라서는 드러낼 수도 있다. 방물장수 분장

은 이제 지우고. 〔가짜 수염을 벗는다.〕

시골 양반들, 어디 가는 길인가?

황송한 말씀이나 왕궁으로 갑니다.

무슨 일로 가는지, 일행은 누구인지, 보따리에는 무엇이 들어 있는지, 집은 어디인지, 나이는 몇인지 밝혀라. 재산 정도와 출신 성분도 밝혀야 한다. 그밖에도 내가 알아야 할 것이 있다면 모두 밝혀야 한다.

저희는 그저 무난한 백성들입니다. 나리.

거짓말. 그대들은 살갗이 거칠고 털이 많아서 무난할 것 같지 않구먼. 거짓말 마라. 거짓말은 장사꾼들이나 하는 것이다. 장사꾼들은, 우리 같이 점잖은 무사들에게 싸구려 물건을 팔기 위해 거짓말을 하지만, 우리는 칼을 뽑아 찌르는 대신 비싼 값을 지불하지 않는가? 그러니까 장사꾼들은 거짓말을 하는 것이 아니다. 물건을 파는 것이지.

나리께서도 방금 말씀을 바꾸기 전에는 거짓말을 하실 뻔했습니다.

황송하오나, 왕궁에 계신 전하의 신하이십니까?

그대들이 어떻게 생각하건, 나는 왕궁에서 일하는 전하의 신하다. 왕궁의 분위기가 물씬 풍기는 이 옷을 보고도 모르겠는가? 늠름한 내 걸음걸이를 보고

169

도 모르겠는가? 내 몸에서 풍기는 체취를 맡아 보고도 모르겠는가? 미천한 그대들을 바라보는 이 경멸의 눈길을 보고도 모르겠는가? 내가 왕궁에서 볼 그대들의 용무를 물어서 왕궁에서 일하는 사람처럼 안 보이는 것인가? 나는 머리 위에서 발끝까지 전하의 신하라. 그대들 용무를 거들어 줄 수도 있고 방해할 수도 있다. 그러니 용무를 숨기지 말고 아뢰어라. 명령이다.

양치기 노인 제 용무는 전하를 뵙는 것입니다.

아우톨뤼코스 전하를 알현하자면 다리 놓아줄 관리가 있어야 하는데, 있는가?

양치기 노인 황송하오나, 모르겠습니다.

시골 청년 〔양치기 노인에게 속삭이며〕 궁중에서 다리 놓아주는 관리라고 하면 꿩을 뜻한다는데, 없다고 하세요.

양치기 노인 꿩은 없습니다. 장끼가 되었든 까투리가 되었든.

아우톨뤼코스 이런 바보들로 태어나지 않은 것이 천만다행이구나. 하지만 자연은 나를 이런 바보들로 태어나게 할 수도 있었으니, 거만하게 굴지 말아야겠구나.

시골 청년 〔양치기 노인에게〕 전하의 신하임에 분명해요.

양치기 노인 입고 계신 옷은 화려하나, 잘 맞는 것 같아 보이지는 않구나.

시울 청년 행색이 약간 별나서 더 귀해 보여요. 대단한 고관 대작임에 분명해요. 이 쑤시는 것만 봐도 알 수 있 어요.

아우톨리코스 거기 있는 보따리는 무엇이오? 안에 무엇이 들어 있소? 그 상자는 또 무엇이오?

양치기 노인 나리, 이 보따리와 상자에 든 비밀은 전하께서만 아 셔야 합니다. 그것도 한시바삐 아셔야 하는 것인즉, 전하를 뵙게 해주십시오.

아우톨리코스 노인장, 헛수고 하셨소.

양치기 노인 무슨 말씀이십니까?

아우톨리코스 전하는 왕궁에 계시지 않아요. 울적한 심사를 달래 실 겸, 바람도 쐬실 겸해서, 최근에 새로 지은 배에 오르셨소. 그대들이 그런 중대사를 알 리 없겠지만, 전하께서 최근 들어 비탄에 잠겨 계시다고 하오.

양치기 노인 그런 말이 돌고 있습니다. 왕자님께서 양치기의 딸 을 아내로 맞겠다고 고집을 부리셔서, 전하께서 심 려가 크시다고요.

아우톨리코스 그 양치기가 아직 잡히지 않았다면 한시바삐 도망 치라고 하시오. 양치기가 받을 저주, 양치기가 당할 고문은 사람의 뼈도 부수고 괴물의 심장도 능히 터 뜨릴 터이니.

171

시골 청년	진정 그렇게 생각하십니까, 나리?
아우톨뤼코스	양치기 혼자만 인간의 상상을 뛰어넘는 고문으로 고통 받고 가혹한 복수를 당하는 것이 아니오. 가까운 친인척은 물론이고 사돈의 8촌까지도 교수형을 당할 것이오. 어쩔 수 없지, 뭐. 휘파람이나 불면서 양이나 몰고 다니는 늙은 건달이 감히 제 딸을 왕실로 들이려 했다니. 돌로 쳐 죽여야 마땅하다고들 하지만 내 생각에는 그렇게 죽이는 것으로 모자라. 감히 우리 왕국의 왕좌를 양 우리 속으로 끌어들이려 했다니! 어떤 가혹한 형벌도 모자라고말고.
시골 청년	그 늙은이에게는 아들이 하나 있다고 들었습니다. 그 아들은 어떻게 될 것인지 들으신 적 있습니까, 나리?
아우톨뤼코스	아들이 있는데 산 채로 가죽을 벗길 것이라 하오. 그리고 온몸에 꿀을 바른 다음 벌집 옆에 놓는다 하오. 그리고 그자가 4분의 3 하고도 조금 더 죽은 상태가 되면 브랜디 같은 독한 술로 깨운다고 하오. 그러고 나서 상처가 아물지 않은 상태에서, 1년 중 햇볕이 가장 뜨겁기로 달력에 기록된 날, 벽돌담에다 기대어 세워 놓아, 똥파리 쉬가 허옇게 슨 채로 죽어 가는 그 녀석을 남쪽에서부터 태양이 내려다

볼 수 있게 한답디다. 허나 이런 역적 불한당들 이 야기는 해서 무엇하오. 죽어 마땅할 죄를 지은 만큼 그자들의 고통은 웃어 넘겨도 될 터인데. 그대들은 정직하고 순수한 사람들 같으니, 전하께 드릴 말씀 이 무엇인지 말해 보시오. 내가 힘이 좀 있으니 그 대들을 전하가 계시는 배 위로 데리고 가서 소개하 고 그대들을 위해 조용히 도움이 되는 말씀을 넣어 드리리다. 전하와 가까운 곳에서 그대들의 청을 들 어줄 수 있는 사람이 있다면, 그건 바로 나요.

시골 청년   〔양치기 노인에게〕 힘 있는 사람 같습니다. 가까이 다가 가 황금을 드리고, 저분 시키는 대로 하시지요. 권 력이란 사나운 곰 같지만 때로 황금에 코가 꿰이면 순순히 따라오기도 한다니까요. 주머니에 든 황금 을 건네주어 더 이상 떠벌이지 않게 하세요. 돌로 쳐 죽인다느니, 산 채로 껍질을 벗긴다느니 하는 말, 지겹지도 않으세요?

양치기 노인   저희를 도와주시어 전하를 뵙게 해주시면 이 황금 을 드리겠습니다. 이만한 황금을 더 드릴 터인데, 〔돈을 내민다.〕 제가 황금을 더 가져올 때까지 이 젊은 이를 데리고 계셔도 좋습니다.

아우톨리코스   내가 약속한 대로 일을 이행한 다음에 말이오?

양치기 노인 그렇습니다, 나리.

아우톨뤼코스 〔돈을 받으며〕 그럼, 절반을 미리 주시오.

〔시골 청년에게〕 그대도 이 일에 관여되어 있는가?

시골 청년 어떻게 보면 그렇습니다, 나리. 제 처지가 딱하니 만큼 가죽이 벗겨지는 일은 없었으면 합니다.

아우톨뤼코스 그것은 양치기 아들 사정이고. 목매달아 본보기로 삼아야 마땅하지, 암.

시골 청년 〔양치기 노인에게〕 잘되었습니다, 잘되었어요. 어서 전 하를 뵙고, 우리가 가지고 있는 희한한 물건을 보여 드리세요. 그러면 전하께서는 그 아이 페르디타가 아버지의 딸도 제 누이도 아니라는 걸 알게 되실 겁 니다. 안 그러면 우리는 끝장이에요, 끝장.

나리, 일이 제대로 되면 이 노인장께서 나리께 드리 는 것만큼 저도 드리겠습니다. 그리고 노인장 말씀 대로, 황금을 더 가져오실 때까지 저는 볼모가 되어 나리와 함께 있겠습니다.

아우톨뤼코스 그대들을 내 믿네. 먼저 해안 쪽으로 가게. 오른편 으로. 나는 소변을 좀 보고 금방 뒤따라가겠네.

시골 청년 〔양치기 노인에게〕 이분을 만나서 큰 다행입니다. 축복입니다.

나리 말씀대로 먼저 걸어가자. 행운의 여신께서 우리를 도우러 보내신 분이 분명하다.

〔양치기 노인과 시골 청년 퇴장〕

내가 정직한 사람이 되려고 해봐야 행운의 여신이 가만히 놔두지 않으시겠구나. 행운의 여신께서 생각지도 못한 벌이를 안겨 주시는 것을 보면, 행운의 여신은 한꺼번에 두 건으로 나를 유혹하시는구나. 황금이 그 한 건, 왕년의 주인이신 왕자님이 또 한 건. 지금 왕자님을 도와 드리면 출셋길이 열릴지도 모르는 일이니까. 두 마리의 이 눈먼 두더지들을 왕자님이 타신 배에다 태워야겠다. 그러면 왕자님은 저것들을 육지로 되돌려 보내라고 하시겠지. 저것들이 전하를 뵙고 무슨 말씀을 드리든 왕자님은 상관이 없다고 하시겠지. 나를 주제넘은 사기꾼이라고 부르실지 모르겠다. 하지만 무슨 상관이냐, 철저하게 면역이 되어 있는데. 저것들을 왕자님께 데리고 가자. 분명 무슨 수가 있을 것이다. 〔퇴장〕

ACT 5

〔시칠리아, 레온테스의 궁전〕

레온테스와 클레오메네스, 디온, 파울리나가 시종들과 함께 등장.

전하, 충분히 노력하셨습니다. 마치 성인과 같이 헌신적인 태도로 돌아가신 분의 죽음을 애도하셨습니다. 전하께서 혹시 모르고 저지르신 잘못이 있었다 해도 그마저도 모두 속죄가 되셨습니다. 실로 전하가 저지르신 잘못보다 더 많이 참회하셨습니다. 이제, 하늘이 그리하신 것처럼, 전하의 죄를 잊으십시오. 그리고 전하 자신을 용서하십시오.

내가 왕비와 왕비의 미덕을 기억하는 한, 왕비와 왕비의 미덕에 범했던 잘못은 잊을 수가 없소. 나는 내가 지은 죄를 영원히 잊지 못할 것이오. 내가 지은 죄 때문에 왕국을 물려받을 후사도 끊어졌고, 후계자를 볼 희망의 터전인, 사랑하는 아내마저 죽음으로 몰아넣었던 것이 아니오?

극히 옳으신 말씀이십니다, 전하. 이 세상 모든 여자들과 돌아가며 혼인하신다고 해도, 이 세상 모든 여자들로부터 장점만을 모아 완벽한 여자를 만든다고 해도, 전하께서 돌아가시게 한 왕비마마와 견줄 수는 없을 것입니다.

레온테스 내 생각도 그렇소. 돌아가시게 했지요. 그랬지요. 하지만 그대가 자꾸 내가 그랬다고 몰아붙이니 내 가슴이 더욱 쓰리오. 부인의 입에서 나오는 그 가혹한 말 한마디를 들을 때면, 내 스스로 생각할 때와 다름없이 가슴이 미어지오. 자, 부탁이오. 꼭 그렇게 말하고 싶어도 아주 가끔씩만 말해 주오.

클레오메네스 아주 삼가시오, 부인. 표현을 달리하시면, 지금 상황에 도움도 될 터이고, 부인의 기품도 돋보일 것이오.

파울리나 경도 전하께 새 왕비를 찾아 드리고자 하는 사람들 중 한 분이시군요.

디온 전하의 재혼을 반대한다는 것은 왕국의 안위를 걱정하지 않는다는 뜻이고, 전하의 고귀한 존함을 후세에 전할 의향이 없다는 뜻이며, 후사를 걱정하지 않는다는 것은 이 나라에 어떤 위험이 닥쳐 백성들이 불안에 떠는 사태를 고려하지 않는다는 뜻이오. 돌아가신 왕비마마께서 하늘나라에 편히 계시는 것을 기뻐하는 일보다 거룩한 일은 없을 것이오. 그러나 왕가의 혈통을 잇기 위하여, 전하의 심기일전을 위하여, 그리고 나라의 장래를 위하여, 전하의 잠자리에 아름다운 분을 맞아들이는 일 또한 거룩한 일 일 것이오.

돌아가신 왕비마마와 견줄 사람은 없습니다. 뿐만 아닙니다. 신들께는, 장차 달성하실 은밀한 목적이 있을 것입니다. 아폴론 신께서 그렇게 말씀하지 않으셨습니까? 잃어버린 공주님을 찾기 전에는 전하께 후계자가 없다는 것이 신탁의 뜻이 아니었습니까? 공주님을 찾는다는 것은 인간의 이성으로는 상상할 수 없는 일입니다. 그것은 제가 공주님과 함께 사라졌다고 철석같이 믿는, 저의 지아비 안티고누스가 무덤을 깨뜨리고 저를 찾아오는 것만큼이나 그렇습니다. 그런데도 경들은 전하께 하늘의 뜻을 거역하고 신들의 의지에 등을 돌리실 것을 권하고 있습니다.

〔레온테스 왕에게〕 자식을 얻으려 애쓰지 마십시오. 왕위의 후계자는 나타날 것입니다. 위대한 알렉산드로스는 왕위를 가장 '마땅한' 자에게 물려주었습니다. 그래서 후계자가 가장 훌륭한 인물이 될 수 있었던 것입니다.

파울리나 부인, 왕비 헤르미오네에 대한 기억을 고이 간직하고 있군요. 정숙한 왕비인 줄 그때 내가 왜 몰랐을까? 내가 어쩌자고 처음부터 부인의 충고에 따르지 않았던가? 따랐다면 지금도 왕비의 그 큰 눈을 볼 수 있고, 그 달콤한 입술을 느낄 수 있었을 것을.

파울리나 그럴 수 있다면 왕비마마의 입술은 한결 더 달콤했을 것입니다.

레온테스 옳은 말씀이오. 그런 아내는 없을 테니, 다시 아내를 맞는 일도 없을 것이오. 왕비보다 못한 아내를 맞아 더 극진하게 대한다면, 왕비의 거룩한 영혼이 다시 몸을 되찾고 우리가 사는 이 죄인들의 세상으로 나와, 자신을 모욕하지 말라고 할 것 같아요.

파울리나 그럴 이유가 있다면 능히 그러실 것입니다.

레온테스 있을 것이오. 있어서 나를 격동시켜 새 왕비 또한 죽이게 만들 것이오.

파울리나 저라도 그렇게 하겠습니다. 제가 왕비마마의 유령이었다면, 전하로 하여금 새 왕비의 눈을 보게 하시고, 그런 눈이 어디가 좋아서 왕비로 맞으셨느냐고 물었을 것입니다. 그리고는, 유령은 비명을 지르며 사라진다니까 전하의 귀가 먹먹해지도록 비명을 지르고는 "저의 눈을 잊지 마세요." 하고 말씀드렸을 것입니다.

별과 같았소 별. 거기 견주면 다른 사람들 눈은 숯
덩어리지, 숯 덩어리. 새 왕비 걱정은 하지 마세요.
파울리나 부인, 나는 새 왕비를 맞지 않겠어요.

저의 승인 없이는 새 왕비를 맞지 않으시겠다고 맹
세하시겠습니까?

맹세하오, 부인. 내 영혼의 안식을 걸고!

그렇다면 경들께서 이 맹세의 증인이 되어 주십시오.

부인은 전하를 너무 다그치고 계시오.

왕비마마와 똑같이 닮아 왕비마마의 초상 같은 사람
이 전하 앞에 나타나지 않는 한, 재혼은 안 됩니다.

부인.

제 말씀 끝나갑니다. 전하께서 재혼을 원하신다면,
꼭 하셔야 한다면, 새 왕비마마를 간택하는 소임을
저에게 맡겨 주십시오. 예전의 헤르미오네 마마 같
이 젊지는 않겠지만, 마마의 유령이 나타난 것이 아
닌지 의심이 들 정도로 닮은 마마를 안겨 드려 전하
를 기쁘게 해 드리겠습니다.

파울리나 부인, 부인이 승인할 때까지 나는 재혼하
지 않겠소.

헤르미오네 왕비마마께서 환생하신다면 모를까, 그
전에는 안 됩니다.

시종   폴릭세네스 전하의 아들, 플로리젤 왕자라고 자칭
       하는 자가, 아름다운 왕자비와 함께 전하를 알현하
       고자 합니다. 왕자비 말씀인데, 저는 세상에서 그렇
       게 아름다운 분은 처음 뵈었습니다.

레온테스 수행하는 자들이 있더냐? 아버지의 지체에 어울리지
       않는 방문이구나. 격식도 갖추지 않은 걸 보니, 공식
       방문이 아니라 불가피한 사정 때문인 듯하구나?

시종   몇 명 되지 않습니다. 모두 행색이 초라합니다.

레온테스 왕자비를 대동하고 있더라고 했느냐?

시종   태양이 비추었던 이 세상 모든 여자들 중 가장 아름
       다운 분이라고 저는 생각합니다.

파울리나 왕비마마, 오늘 우리 눈에 보이는 것은 어제 과거로
       사라진 것보다 나은 것으로 여겨지니, 무덤에 계신
       마마께서도 오늘날 나타난 왕자비에게 양보하셔야
       겠습니다.

       〔시종에게〕 그대는 우리 왕비마마에 대해 입으로는 칭
       송하고 손으로는 추모시를 쓰지 않았어요? 마마와
       아름다움을 견줄 수 있는 사람은 과거에도 없었고
       앞으로도 없을 것이라고 칭송하지 않았어요? 그렇

게 칭송한 사람의 혀가, 추모의 대상이었던 마마보다 더 싸늘해졌구려. 밀물처럼 넘치던 그 아름다움은 이제 썰물처럼 빠져나갔는지, 마마보다 더 아름다운 미인을 보았다고 하는구려.

시종 죄송합니다, 부인. 저는 거의 잊고 있었습니다. 죄송합니다! 그러나 부인께서도 왕자비를 보시면 칭송하지 않고는 못 배기실 것입니다. 종교로 말씀드리자면, 만일에 이분이 한 종파를 일으키고 따르라고 명하신다면, 다른 종파 사람들은 제 종파를 심드렁하게 여기고 모조리 개종자가 되고 말 것입니다.

파울리나 어떻게? 여성들도 그럴까요?

시종 여자들도 그럴 것입니다. 어떤 남성보다 고귀해 보이기 때문입니다. 남성들도 그럴 것입니다. 어떤 여성보다 더 아름다워 보이기 때문입니다.

레온테스 가 보게, 클레오메네스 경. 몇 분 대동하고 직접 영접하여 내가 맞이할 수 있도록 해주게.

〔클레오메네스 외 여러 명 퇴장〕

아무래도 이상하구나. 아무 기별 없이 날 찾아왔다는 것이.

파울리나 보석 중의 보석이시던 우리 왕자님께서 살아 계셨더라면 이 왕자님과 단짝이 되었을 터인데. 두 분 모두 한 달도 안 되는 시간차를 두고 태어나지 않으셨습니까?

레온테스   부탁이오, 제발 그만하시오. 부인의 그런 말을 들을 때마다 그 아이가 다시 죽는 것 같소. 이 왕자를 보는 순간 부인의 말이 상기시킨 그 일 때문에 나는 이성을 잃게 될지도 모르오. 오고 있군요.

〔플로리젤과 페르디타, 클레오메네스 외 여러 명 등장〕

왕자, 자네 어머니께서는 결혼 생활에 매우 충실하셨던 모양이네. 왕과 이렇게 똑같은 아드님을 보셨으니 말이네. 아버지 모습을 빼다 박은 것 같아. 아버지 모습과 느낌이 그대로여서, 내가 스물한 살만 되었어도, 과거에 자네 아버지에게 그랬던 것처럼 자네를 형제로 부르고, 당시에 하던 짓궂은 장난과 이야기를 했을 것이네. 진심으로 환영하네.

그리고 자네의 아름다운 왕자비, 여신이 따로 없구나. 애석하게도 나는, 천지간에 살아 있었더라면 그대들 기품 있는 한 쌍처럼, 보는 이마다 탄복할 두 아이를 잃었네. 나는 나 자신의 허물로 자네 아버지의 사랑과 우정을 잃었네. 자네 아버지 얼굴을 다시

볼 수 있기를 바라는 마음에, 고통스러운 삶을 이어
가고 있는 것이네.

아버님 전하의 뜻을 받들어 시칠리아에 왔습니다.
아버님 전하께서는 친구 분이시자 국왕이신 전하
께, 한 나라의 국왕이 그 형제분께 보낼 수 있는 온
갖 안부 인사를 다 전하라고 분부하셨습니다. 나이
가 들면 찾아오게 마련인 노환이 아버님 전하의 소
망을 실천하시는 데 장애가 되지 않았더라면, 먼
길을 멀다 하지 않으시고 육지와 바다를 가로질러
오셨을 것입니다. 아버님 전하께서는 세상 어떤 왕
좌에 앉아 계시는 어떤 국왕보다 전하를 더 경애하
신다는 말씀도 전하라고 분부하셨습니다.

오, 형제여, 너그러우신 폴릭세네스 전하여, 내가 그
대에게 지은 허물을 생각하니 다시 한번 가슴이 미
어지는 듯하오. 그리고 전하께서 보내신 이 유난히
각별한 안부 인사를 듣고 보니, 내가 사죄하는 데 얼
마나 태만했는지 일깨워 주는 것 같소이다. 대지에
오는 봄을 환영하듯이 자네를 환영하네. 그런데 부
왕께서는 이렇게 아름다운 왕자비를, 결코 친절하다
고 할 수 없는 바다의 신 포세이돈께 맡기셨단 말인
가? 모험할 가치도, 그만한 수고를 할 필요도 없는,

겨우 나 같은 사람에게 인사를 전하기 위해서?

폴로리젤 전하, 공주는 리비아에서 왔습니다.

레온테스 그 고결하고 명예롭고 용맹스러운 스말루스 왕이 경외와 존경을 한 몸에 받고 있다는 곳 말인가?

폴로리젤 그렇습니다, 전하. 스말루스 전하께서는 공주가 떠나올 때 눈물을 보이셨는데, 친딸이 아닌 바에야 전하께서 눈물을 흘리셨겠습니까? 거기에서 부드러운 남풍을 타고, 아버님 전하의 분부에 따라 전하를 뵙기 위해 바다를 건넜습니다. 저의 시종들은 시칠리아 해안에서 돌려보냈습니다. 그들은 보헤미아로 돌아가 전하께, 저와 제 아내가 리비아 방문을 마친 뒤 이곳에 도착했다는 사실을 전할 것입니다.

레온테스 자네들이 이곳에 머무는 동안 신들이 이곳의 대기로부터 질병을 깨끗하게 정화하여 주시도록 빌겠네. 자네 아버님은 참 고결하시고 기품 있는 분이시네. 나는 그런 분께 죄를 짓고 하늘의 분노를 사서 아들딸을 모두 빼앗기고 말았으나, 자네 아버님은 하늘의 축복을 받아 자네를 낳았을 것이네. 후덕한 분이시니 이런 복을 누려도 당연지사. 내게도 그런 덕이 있었으면 지금 이 순간, 자네들 같이 훌륭하게 자란 아들딸을 바라보는 복을 누릴 수 있을 것을.

신하　전하, 제가 아뢰는 말씀은, 만일에 그 증거가 가까이 있지 않았다면 도저히 믿어지지 않을 그런 말씀입니다. 전하, 보헤미아 국왕께서 저를 통하여 전하께 인사를 전하시면서 왕자를 체포해 주십사 하고 당부하셨습니다. 왕자가, 부왕을 배신하고 왕위 계승권을 포기한 채 양치기 딸을 데리고 우리나라로 도망치셨다는 것입니다.

레온테스　보헤미아의 왕이 어디 있는가? 말해 보게.

신하　성 안에 계십니다. 제가 방금 뵙고 오는 길입니다. 제가 듣기에도 황당하고 전갈의 내용 또한 놀라워, 이렇게 황망 중에 아뢰는 것입니다. 보헤미아 국왕께서는 전하의 왕궁으로 오시는 길에, 왕자와 양치기 딸을 붙잡기 위해 오시는 것일 테지만요, 왕자와 함께 보헤미아를 탈출한 양치기 딸의 아버지와 오라비를 만났습니다.

플로리젤　카밀로가 나를 배신했구나, 비가 오나 눈이 오나 명예와 지조를 지키던 사람이.

신하　직접 말씀하십시오. 보헤미아의 국왕 전하와 함께 있습니다.

레온테스	누가? 카밀로가?
신하	그렇습니다. 조금 전에 만나 이야기를 나누고 왔는데, 그분은 지금 양치기 부자를 심문하고 계십니다. 부자는 처참한 모습으로 부들부들 떨고 있었는데, 그렇게 딱한 모습은 처음 보았습니다. 이들은 무릎을 꿇고 땅에다 연신 입을 맞추면서 심문에 응하는데, 말해 놓고는 번복하고, 번복했다가는 다시 바로잡기를 반복했습니다. 보헤미아 국왕 전하께서는 귀를 틀어막으신 채 온갖 고문을 다 동원하라고 다그치고 계시고요.
페르디타	아, 불쌍하신 우리 아버지! 하늘이 첩자를 풀어놓았구나, 우리 결혼이 이루어지지 못하도록.
레온테스	결혼식은 치렀는가?
플로리젤	하지 않았습니다, 전하. 앞으로 할 수 있을 것 같지도 않습니다. 두 분이 아버님 전하의 위협에 굴복한 모양입니다. 운명은 신분의 높낮이를 따지지 않나 봅니다.
레온테스	왕자, 이 사람이 왕의 딸인 것은 분명한가?
플로리젤	저와 혼인하면 그리될 것입니다.
레온테스	자네 아버지가 서두르는 것으로 보아 그때가 아주 천천히 올 것 같다는 생각이 드는군. 유감스럽네.

자네가 아들의 의무를 다하지 못하고 아버지의 뜻을 거역했다니 매우 유감스럽네. 또한 자네가 선택한 배필이 아름답기는 하나 지체가 낮아서 행복한 결혼 생활을 누릴 수 없게 되었으니 유감이네.

〔페르디타에게〕 페르디타, 고개를 들어요. 행운의 여신이 우리에게 등을 돌리고, 아버지 편을 들어 우리를 쫓아온다고 해도 우리의 사랑을 바꾸어 놓을 수는 없을 거예요. 부탁입니다, 전하. 전하께서 지금의 저와 같이 젊으셨을 때를 생각하여 주십시오. 그때 느꼈던 사랑을 기억하시고 부디 저를 변호하여 주십시오. 전하께서 요구하신다면 아버님은 아무리 귀중한 것이라도 선뜻 내어 놓으실 것입니다.

자네 아버지가 그러실 분이라면, 그분이 하찮게 여기는 그 아가씨를 요구해 볼까나.

전하, 눈빛에 생기가 너무 넘치십니다. 왕비마마께서 돌아가시기 한 달 전만 해도 앞에 계시는 이분보다 더 아름다우셨습니다. 마땅히 지금과 같은 눈빛으로 바라봐 주셨어야 했습니다.

이런 눈빛을 하고 있는 순간에도 나는 왕비를 생각했다오.

〔플로리젤에게〕 아직 자네의 청에 대답을 하지 않았군.

내가 자네 아버지에게 말을 해보겠네. 왕자라는 명예가 자네의 사랑에 정복당하지 않는다면, 나는 자네 편일세. 이제 자네를 위해 왕을 만나 보러 가야겠네. 그러니 따라와서, 내가 어디까지 설득할 수 있을지 지켜보게. 가세, 왕자.   〔퇴장〕

SCENE 2 아우톨뤼코스와 시종들 등장.

아우톨뤼코스 실례합니다. 이야기를 직접 들으셨습니까?

시종 1 나는 보따리를 풀 때 옆에 있었네. 늙은 양치기가 그걸 얻게 된 경위를 진술하는 것도 들었고. 뜻밖의 진술에 기겁을 하는 참인데, 보헤미아 전하께서 우리를 밖으로 내보내시더군. 다만 양치기가, 아기를 주웠다고 말하는 것은 분명히 들었네.

아우톨뤼코스 결론이 어떻게 날지 궁금하군요.

시종 1 내가 들려줄 수 있는 건 오다가다 들은 이야기 토막들뿐이네. 보헤미아 국왕 전하와 카밀로 경의 표정이 확 바뀌는 것으로 보아 되게 놀란 것 같았네. 두 분은 서로를 바라보시는데 눈길이 어찌나 강렬하던지 눈알이 툭 튀어나올 것 같았지. 두 분의 침묵은 연설이나 다름없었고, 두 분의 몸짓은 웅변이나 다름없었네. 세상이 구원을 받았다거나 파멸했다는 소식을 들으면 저런 표정을 짓게 될까 싶을 만큼 심상치 않았어. 아무리 똑똑한 사람이 봤어도, 기뻐서

191

그러는 것인지 슬퍼서 그러는 것인지 분간할 수 없었을 거라네. 어느 쪽이든 굉장히 격렬한 기운이 흘렀던 것만은 분명해.

〔다른 시종 등장〕

다른 시종이 오는군. 아마 더 많이 알고 있을 것이네. 로게로, 새 소식은?

시종 2 잔치를 위해 불 피우는 일만 남았습니다. 신탁은 이루어졌죠. 우리 국왕 전하께서 공주님을 찾으신 것입니다. 놀라운 일들이 연달아 터지는 바람에 정신이 다 없습니다. 서사 시인도 다 받아 적을 수 없을걸요.

〔다른 시종 등장〕

여기 파울리나 부인의 시종이 들어오네요. 저분이 더 많이 아실 겁니다. 어떻게 되었습니까? 사실이라고는 하지만 너무 옛이야기 같아서 믿어지지 않습니다. 전하께서 후계자를 찾으셨다면서요?

시종 3 의심할 수 없는 사실입니다. 사실이라는 게 증거를 통해 증명된다면 틀림없는 사실이지요. 귀로 들은 것을 눈으로 보았다고 해도 좋을 만큼 증거의 아귀가 딱딱 들어맞아요. 보따리에서 나온 헤르미오네 마마의 외투, 아기의 목에 걸려 있었다는 마마의 목걸이, 안티고누스 경의 필적임에 분명한 편지, 왕비 마마를 쏙 빼닮은 공주님의 아름다움, 지체와는 상관없이 본성을 통해 드러나는 기품 등등. 이 많은 증거들을 통해, 그분이 전하의 따님으로 확인되었지요. 두 전하께서 만나는 장면을 보셨습니까?

시종 2 못 보았습니다.

시종 3 그렇다면 실제로 보아야지 말로는 도저히 그려낼 수 없는 굉장한 장면을 놓친 것이에요. 하나의 기쁨이 또 하나의 기쁨을 만나는 장면이기도 했지요. 흡사 슬픔이 두 분을 떠나면서 흘리는 눈물의 강을, 두 분의 기쁨이 건너고 있는 것 같았어요. 하늘을 우러러 활짝 가슴을 여신 채로 두 손을 쳐들고 계시던 두 분의 얼굴이 어찌나 하나같이 실성하신 듯하던지, 서로 다른 용포를 입고 계시지 않았더라면 구별할 수 없었을 정돕니다. 우리 전하께서는 따님을 찾은 것이 너무 기쁘셨던 나머지 실신하실까봐 격정스러울 지경이었지요. 하지만 그 기쁨이 다시 슬

픔이 되기도 해서 "네 어머니, 네 어머니." 하고 외
치셨지요. 전하께서는 그 자리에서 보헤미아 국왕
전하께 용서를 비시는가 하면 사위를 껴안으시고,
사위를 껴안으시는가 하면 또 따님을 껴안아, 따님
께서 성가셔하지 않을까 걱정스러울 지경이었지요.
그 다음에는 여러 왕조에 걸쳐 풍상에 시달려 온 대
리석 분수처럼 멀거니 서 있는 양치기 노인에게 각
별한 인사를 하셨고요. 내 생전 처음 본 상봉 장면

인데, 따라서 해보자니 절름발이가 되기 십상이겠고, 묘사하자니 필설이 따라가지를 않습니다.

시종 2　아기를 데리고 간 안티고누스 경은 어떻게 되었답니까?

시종 3　그 또한 꾸며진 옛이야기 같아요. 옛날이야기라는 게 그렇잖소. 아무도 믿으려 하지 않고 들어주려 하지 않는데도 조리가 있고 일리가 있거든. 곰에게 갈가리 찢겨 죽었다고 해요. 양치기의 아들이 이걸 보았다고 증언했는데, 이 친구 순박한 사람이라 거짓말할 리 없는 데다, 안티고누스 경의 손수건과 반지를 가지고 있었어요. 파울리나 부인이 지아비의 물건을 못 알아보셨을까 봐요?

시종 1　배와 선원들은 어떻게 되었습니까?

시종 3　안티고누스 경이 죽은 순간에 배가 난파하는 것을 양치기가 보았다고 합니다. 아기를 버리는 데 일조한 모든 사람들이 아기가 발견된 순간 죽은 겁니다. 하지만 파울리나 부인의 가슴속에 일어났을 슬픔과 기쁨의 갈등을 생각하면 가슴이 아프지요. 부인은 지아비의 죽음을 애도하면서 눈물을 흘릴 때는 눈을 내리깔았고, 신탁이 이루어진 것을 기뻐할 때는 눈을 치켜떴지요. 부인은 공주님을 안으시는데 어찌나 세게 껴안으시는지, 흡사 당신 가슴속으로 아주 밀어 넣어 다시는 잃어버리지 않으시려는 것 같았습니다.

시종 1   이 장엄한 광경은 무대에 올려 왕족들에게 보여주기에 손색이 없어요. 바로 그분들이 연출한 장면이니까.

시종 3   가장 아름답고 감동적인 장면 중의 하나, 고여 있던 눈물을 평평 쏟아지게 한 것은 바로 전하께서 왕비마마 돌아가실 때를 떠올리시는 장면이었습니다. 전하께서는 솔직하게 거침없이 고백하면서 슬퍼하셨는데, 듣고 계시던 공주님께서는 깊은 슬픔을 느끼셨던지 "오, 어머니!" 하면서 오열하시는 게 아니겠어요. 나도 피눈물을 쏟을 것 같습디다. 내 가슴에 그런 눈물이 흐르고 있었을 테니까요. 어떤 목석 같은 사람도 그 대목에서는 낯빛을 잃었을 테지요. 기절하는 사람도 있었어요. 온 세상이 그 장면을 보았더라면 온 세상이 슬퍼했을 겁니다.

시종 1   다시 왕실로 돌아가셨습니까?

시종 3   아닙니다. 공주님께서는, 파울리나 부인께서 가지고 계신다는 왕비마마의 대리석상 얘기를 들으셨습니다. 이탈리아의 거장 줄리오 로마노가 여러 해 제작 끝에 이번에 완성했다고 하는데요. 이 조각가는 영원이라는 시간만 주어진다면, 그래서 작품에 생명의 숨결만 불어넣을 수 있다면, 대자연으로 하여금 오히려 자기 작업을 모방하게 하겠다고 공언할 정도의 거장입니다. 헤르미오네 마마의 상은 실제 마마의 모습에 얼마나 가까운지 사람들이 그 앞에서 말씀을 아뢰고는 대답을 기다릴 정도라고 합니다. 공주님을 비롯하여 모두들 뛰는 가슴을 달래면서 대리석상이 있는 곳으로 가셨습니다. 거기서 식사를 하실 예정입니다.

시종 2   그렇지 않아도 뭔가 대단한 것을 숨기고 계신다고 생각했습니다. 헤르미오네 마마께서 돌아가신 뒤 하루에도 두세 번 홀로 그 외딴 집에 가셨으니까요. 우리도 가 볼까요? 좋은 자리인 듯하니.

시종 1   들어갈 자격이 있는데 마다할 사람이 어디 있겠어요. 눈 한번 깜빡일 때마다 기적이 일어나니. 가지 않으면 이야기판에도 못 낄 것 같아요. 갑시다.

〔시종들 퇴장〕

아우톨뤼코스 과거의 내 인생이 내 얼굴에 먹칠만 하지 않았어도 출셋길이 훤할 터인데, 이게 뭐야. 양치기 부자를 왕자님 배에 태운 것도 나였고, 왕자님께 두 사람이 보따리 이야기를 하더라고 말씀드린 것도 나였다. 하지만 왕자님은 양치기 딸에 홀딱 반해 내 말 같은 것은 건성으로 들어 넘겼다. 그렇지, 그때까지만 해도 공주님이 아니라 양치기 딸이었지. 때마침 풍랑이 심해 공주님은 뱃멀미 때문에 정신이 없었고, 왕자님 또한 공주님에 못지않았으니, 비밀을 밝히고 자시고 할 여유가 없으셨다. 하지만 뭐가 달라져? 내가 비밀을 밝혀 냈다고 하더라도 그동안 해 온 일 때문에 재미 보기는 애당초 글렀으니.

〔양치기 노인과 시골 청년이 좋은 옷을 입고 등장〕

본의는 아니었지만 내 덕에 땡잡은 사람들이 오는군. 벌써 행운으로 범벅이 된 꼬락서니들 하고.

양치기 노인   애야, 나는 이제 늙어서 아들딸을 볼 수 없지만 네 아들딸들은 모두가 귀족으로 태어나게 생겼구나.

시골 청년   너 잘 만났다. 당신, 전에는 내가 귀족이 아니라고 싸워 주지도 않았지? 이 옷이 보여? 말해 봐. 이 옷이 안 보인다고, 내가 귀족이 아니라고 말해 봐. 귀족 옷 아니라고 해봐. 나를 거짓말쟁이라고 해봐. 내가 귀족인지 아닌지 시험해 보라고.

아우톨뤼코스 알고 있습니다. 이제 귀족이시라는 걸.

시골 청년 그래, 자그마치 지난 네 시간 동안이나 귀족이었다.

양치기 노인 애야, 나도 그래.

시골 청년 그래요, 아버지. 하지만 나는 아버지보다 먼저 귀족
이 되었어요. 전하의 아드님께서 나를 형님이라고
불렀으니까요. 두 전하께서 아버지를 사돈이라고
부르셨고, 나의 매제와 공주님이신 나의 누이가 우
리 아버지를 아버지라고 불렀을 때는 모두 울었지
요. 우리가 귀족이 되어 처음으로 흘린 눈물이었죠.

양치기 노인 앞으로 더 많은 눈물을 흘리면서 오래오래 살 것이다.

시골 청년 당연히 그래야지요. 안 그러면 되겠어요? 지체가
이렇게 바뀌었는데?

아우톨뤼코스 고개 숙여 빕니다, 나리. 그동안 나리들께 못할 짓
많이 했습니다. 용서해 주시고, 제가 모시던 왕자님
께도 잘 좀 말씀드려 주십시오.

양치기 노인 애야, 그렇게 해주겠다고 해라. 귀족이 되었으니 너
그러워야 하느니.

시골 청년 앞으로 착하게 살 것이냐?

아우톨뤼코스 나리 말씀대로 하겠습니다.

시골 청년 손을 이리 줘 봐. 내가 왕자님께 맹세하겠다. 네가
다른 보헤미아 사람들 못지않게 정직하고 진실하다

고 말이다.

양치기 노인 말씀을 드리되 맹세는 말아라.

시골 청년 맹세를 하지 말라니요? 전 귀족이 아닙니까. 상놈들, 농사꾼들이나 말을 하지요. 귀족은 맹세를 하는 것이고요.

양치기 노인 이 친구가 정직하다는 게 사실이 아니면 어쩌려고?

시골 청년 도저히 사실이라고 볼 수 없어도 진정한 귀족은 친구를 위해서 맹세를 할 수 있는 겁니다. 왕자님께 말씀드리지. 네가 싸울 때는 용감하고, 술은 아주 입에도 안 댄다고 말씀드리지. 하지만 나는 네가 용감한 사람이 아닌 데다 술도 잘 마신다는 걸 알고 있어. 그래도 맹세는 하겠다. 그러니까 너도 앞으로 싸울 때 용감해졌으면 좋겠다.

아우톨뤼코스 힘닿는 데까지 노력하겠습니다.

시골 청년 그래, 무슨 수를 쓰더라도 용감해져 봐. 술주정할 용기는 있는데 다른 일에는 용감하지 못하다니 알다가도 모를 일이야. 보라고, 우리 친척들이신 두 분 전하와 왕자님 내외분께서 대리석상을 보러 가신단다. 따라와, 우리가 너의 주인이 되어 줄 테니. 〔퇴장〕

〔시칠리아, 파울리나의 집〕

레온테스와 폴릭세네스, 플로리젤, 페르디타, 카밀로, 파울리나, 신하들 외 여럿 등장.

레온테스 지혜로운 파울리나 부인, 부인이 곁에 있다는 게 나에게는 늘 위안이 된답니다.

파울리나 전하, 마음은 원하였지만 전하를 크게 도와 드리지는 못했습니다. 전하께서는 제가 한 하찮은 일도 분에 넘치도록 후하게 보상해 주셨습니다. 그런데 황송스럽게도 전하께서 형제 폴릭세네스 전하와, 혼인을 약속하신 두 나라의 후계자 분들과 함께 이 누추한 집을 방문하여 주시니 이 넘치는 은혜는 여생을 다 바쳐도 보답하지 못할 것입니다.

레온테스 부인, 나는 폐를 끼치고 있는데 영광이라니오. 나는 왕비의 대리석상을 보러 온 것이오. 들어오면서 본 기이한 작품들이 나를 즐겁게 하지 않은 것은 아니나, 우리는 아직 나의 딸이 보고 싶어하는 석상, 이 애 어미의 석상을 아직 보지 못했소.

파울리나 생전의 마마께서는 이 세상 어느 누구보다도 특별한 분이셨으니, 석상 또한 전하께서 보아 오신 그 누구를 깎은 석상, 그 누군가 깎은 석상보다 빼어나야 한다고 믿어 왔습니다. 그래서 저는 그 석상을 따로 모시고 있습니다. 여기 모셨으니, 보시기 전에 마음의 준비를 단단히 하소서. 잠의 신이 죽음의 신을 닮았듯이, 생전의 마마와 꼭 닮은 석상을 보시고 저를 칭찬해 주십시오.

〔파울리나가 막을 열고 조각처럼 서 있는 헤르미오네를 공개한다.〕
아무 말씀 없으신 것이 큰 다행으로 여겨집니다. 경이로움을 느끼고 계신다는 뜻일 테니까요. 하지만 먼저 전하께서 말씀해 주십시오. 흡사하지 않습니까?

레온테스　생전의 왕비 모습과 똑같소! 나를 원망해 주시오, 석상이여. 나를 원망해야 그대는 석상이 아닌 헤르미오네가 되는 것이오. 하기야 원망하지 않아야 왕비답지. 왕비는 어린아이처럼 순수하고 자비로워 원망할 줄을 몰랐지. 그런데 부인, 헤르미오네는 이렇게 주름이 많지 않았소. 이렇게 나이가 들어 보이지 않았소.

풀릭세네스　그렇게 나이 들어 보이지도 않는 걸요.

파울리나　조각가의 솜씨가 워낙 빼어나서, 16년이라는 긴긴 세월을 건너와 지금도 살아 계신 듯한 모습으로 깎은 것입니다.

| 래온테스 | 지금까지 살아 있었더라면, 내게는 큰 위안이 될 터인 왕비가 지금은 내 영혼을 꿰뚫는 듯하구나! 그래, 내가 청혼했을 때 왕비는 저런 자세로 서 있었지. 저토록 기품 있게 생기 있게 서 있었지. 그때는 따뜻한 피가 돌았는데 지금은 싸늘하게 서 있구나. 부끄럽구나. 이 대리석상은, 내가 대리석보다 냉혹한 인간이라고 나를 꾸짖는 것 같구나. 아, 석상이여, 그대의 위엄에는 어떤 힘이 있어서, 나로부터는 과거에 지은 허물을 떠올리게 하고, 내 딸로부터는 넋을 빼앗아 이렇듯이 석상처럼 서 있게 하는 왕비의 석상이여. |

래온테스 지금까지 살아 있었더라면, 내게는 큰 위안이 될 터인 왕비가 지금은 내 영혼을 꿰뚫는 듯하구나! 그래, 내가 청혼했을 때 왕비는 저런 자세로 서 있었지. 저토록 기품 있게 생기 있게 서 있었지. 그때는 따뜻한 피가 돌았는데 지금은 싸늘하게 서 있구나. 부끄럽구나. 이 대리석상은, 내가 대리석보다 냉혹한 인간이라고 나를 꾸짖는 것 같구나. 아, 석상이여, 그대의 위엄에는 어떤 힘이 있어서, 나로부터는 과거에 지은 허물을 떠올리게 하고, 내 딸로부터는 넋을 빼앗아 이렇듯이 석상처럼 서 있게 하는 왕비의 석상이여.

페르디타 허락해 주십시오. 미신으로 치부하지 마시고, 제가 어머니 앞에 무릎을 꿇고 어머니의 축복을 비는 것을 허락해 주십시오.

〔무릎을 꿇으며〕 제가 태어나자마자 돌아가신, 사랑하는 어머니. 어머니 손에 입 맞추고 싶습니다.

파울리나 고정하세요! 채색한 지 얼마 되지 않아, 물감이 아직 덜 말랐을 것입니다.

카밀로 전하, 전하의 슬픔은 너무 큰 것이어서 열여섯 해의 겨울바람도 날려 보내지 못했고 열여섯 해의 여름 열기도 태워 버리지 못했을 것입니다. 이렇게 오래 가는 기쁨이 어디에 있겠으며, 이렇게 오래 가는 슬픔이 어디에 있겠습니까?

폴릭세네스   형제여, 이 일의 원인을 제공했던 저에게도, 전하의 슬픔 가운데 상당 부분을 나누어 슬퍼하게 해주시지요. 저 자신의 슬픔에 그 슬픔까지 떠맡고자 하니까요.

파울리나   전하, 저의 이 보잘것없는 석상이 전하를 이렇듯이 괴롭혀 드릴 줄 알았더라면, 이것은 제 것인 만큼, 보여 드리지 않았을 것입니다.

〔휘장 있는 곳으로 간다.〕

레온테스   휘장을 치지 마시오.

파울리나   더 이상 보셔서는 안 됩니다. 곧 석상이 움직인다고 생각하실까 두렵습니다.

레온테스   그대로 두시오, 그대로. 움직인 듯하오. 움직이지 않았다면 나는 이대로 죽어도 좋소. 도대체 누가 만든 것이라고 했소?

전하, 숨을 쉬는 것 같지 않아요? 저 핏줄에는 피가 흐르는 것 같지 않아요?

폴릭세네스   정말 걸작입니다. 생명이 있어서 입술에 따뜻한 생기가 도는 듯합니다.

레온테스   고정된 눈이 움직인 듯했소. 예술가의 솜씨에 우리가 홀리고 만 건가요?

파울리나	휘장을 치겠습니다. 전하께서 너무 흥분하셔서 잠시 후에는 살아 있다고 우기실 것 같습니다.
레온테스	파울리나 부인, 앞으로 계속 그렇게 우길 수 있으면 좋겠소. 아무리 온전한 정신이라도 이런 착각에서 오는 즐거움에는 견줄 수 없을 테니. 제발 그대로 두시오.
파울리나	송구스럽습니다. 지금까지 전하의 심기를 어지럽혀 드려서 죄송합니다. 하지만 더 어지럽게 해 드릴 수도 있습니다.
레온테스	그래 주시오, 부인. 내가 걸린 이 착각하는 병은 가슴을 따뜻하게 해주는 여느 술보다 달콤한 맛이 나오. 아직도 내 생각엔 조각이 숨을 쉬고 있는 것처럼 보이오. 얼마나 섬세한 끌을 썼기에 숨결을 조각할 수 있소? 아무도 날 비웃지 마시오, 내 왕비에게 입 맞출 테니.
파울리나	전하, 진정하십시오. 입술에 칠한 붉은 색은 아직 마르지 않았습니다. 입을 맞추시면 색이 벗겨질 것입니다. 전하의 입술에도 기름기 섞인 물감이 묻을 것입니다. 이제는 휘장을 쳐도 되겠지요?
레온테스	앞으로 20년은 쳐서는 안 돼요.
페르디타	그동안 저도 옆에서 바라보겠습니다.

파울리나　두 분 모두 진정하십시오. 지금 당장 이곳을 떠나시든지, 더 놀라운 일을 당하시게 될 터이니 마음을 다잡든지 하십시오. 보실 수 있다고 하시면 석상을 움직여 이쪽으로 내려오게 하고 전하의 손을 잡게 하겠습니다. 하지만 그러면 전하께서 사악한 권세를 빌렸다고 생각하실 텐데, 그건 제가 원하는 바가 아닙니다.

레온테스　무엇을 하든, 나는 가만히 지켜보고 있기만 하겠소. 무슨 말을 하게 하든 듣기만 하겠소. 조각을 움직일 수 있다면 말을 시킬 수도 있을 테니 말이오.

파울리나　필요한 것은 전하의 믿음을 일깨우는 일입니다. 여러분, 움직이지 마십시오. 제가 법을 어겨 가면서 마법을 쓴다고 생각하시는 분은 나가 주시지요.

레온테스　계속하시오. 아무도 꼼짝하지 않을 것이니.

파울리나　음악이여, 마마를 깨워 드려라. 울려라!

〔음악〕

때가 되었습니다. 내려오시지요. 이제는 더 이상 석상이 아닙니다. 이리 오십시오. 오셔서 여기 오신 분들을 놀라게 해주십시오. 이제 제가 마마의 무덤을 덮어 버리겠습니다. 움직이시어, 이쪽으로, 아니 저쪽으로 가십시오. 무감각으로부터 소중한 생명을 되찾았으니, 무감각은 이제 죽음에게 주어 버리소서. 보십시오, 왕비마마께서 움직이십니다.

〔헤르미오네가 걸어 내려온다.〕

놀라지 마십시오. 마마의 움직임은, 저의 적법한 주문만큼이나 신성한 것입니다. 피하지 마십시오. 마마께서 두 번째로 돌아가시기까지는 피하지 마십시오. 피하는 것은 마마를 두 번 돌아가시게 하는 일입니다. 피하지 말고 손을 내미십시오.

마마께서 젊으셨을 때는 전하께서 구혼하셨습니다. 이제 연세가 드셨다고, 마마께 구혼하라고 하시겠습니까? 〔레온테스가 헤르미오네를 만진다.〕

레온테스   아, 따뜻하오! 이것이 정녕 마법이라면, 밥 먹는 것과 다름없이 적법하다.

폴릭세네스   왕비께서 전하를 안아 주시는군요.

카밀로   이번에는 전하의 목에 매달리시는군요. 정말 살아 계신다면, 말씀도 하게 해주십시오.

폴릭세네스   그동안 어디에 계셨는지, 어떻게 죽음의 나라에서 살아 돌아오셨는지 밝히게 하세요.

파울리나   마마께서 살아 계신다고 하면 옛이야기에나 나올 법한 일이라고 비웃으시겠지요. 아직 말씀은 안 하셨지만, 마마께서는 살아 있는 것으로 보입니다. 좀 더

지켜보십시오.

〔페르디타에게〕 공주님, 이리 나와서 무릎을 꿇으시고,
어머니께 축복을 비세요.

돌아보소서. 왕비마마, 페르디타 공주님을 찾았습
니다.

헤르미오네   신들이시여, 굽어보시옵고 제 딸의 머리 위에 신성
한 그릇을 기울여 은총을 내려 주십시오! 내 딸아,
듣고 싶구나. 어디서 구조되었느냐? 어디서 살았느
냐? 아버지의 궁은 어떻게 찾았느냐? 신탁을 믿고,
네가 살아 있는 것 같다는 파울리나의 말에 오로지
내 딸을 보려고 목숨을 부지하고 있었다.

파울리나   그런 이야기는 나중에 얼마든지 하실 수 있습니다.
이런 순간에 따로따로 비슷한 이야기나 하고 있으
면 맥이 빠질 것이니, 함께 가시지요. 모두가 소중
한 행복을 쟁취하신 승리자들이십니다. 여러분의
기쁨을 다른 이들에게도 나누어 드리세요. 외기러
기 신세가 된 이 늙은이는 시든 가지로 날아올라가,
다시는 돌아오지 않을 제 짝을 그리며 죽을 때까지
슬퍼하겠습니다.

레온테스   진정하시오, 부인. 부인은 내 승인을 받고 지아비를
맞아야 하오. 나도 부인의 승인을 받아야 새 아내를

맞을 수 있었듯이. 이것은 우리가 맹세로 세운 약속
이었소. 부인은, 어떻게 찾았는지는 모르겠지만, 내
아내를 찾아 주었소. 나는 왕비의 죽음을 두 눈으로
본 것으로 믿고 왕비의 무덤에서 수없이 기도를 드
렸는데도, 그대는 내 아내를 찾아 주었소. 그러니
부인도 지아비를 맞아야 하오. 그대의 지아비를 찾
아 멀리 갈 것도 없을 것 같소. 카밀로 경, 이리 나
와 부인의 손을 잡으시오. 부인의 충절과 덕망은 익
히 알려져 있으나, 이 자리에서 나와 보헤미아 국왕
이 다시 한번 보증하오. 이제 함께 갑시다.

〔헤르미오네에게〕 그리고 왕비여, 그대를 뚫어지게 바
라보고 있는 내 형제를 보세요. 두 분 사이의 정결
한 시선을 질투의 시선으로 보았던 나를 용서해 주
시오. 여기 있는 이 사람은 왕비의 사위이자 보헤미
아 왕의 아드님으로, 하늘이 보우하사, 나와 그대의
딸과 하나가 되었소.

파울리나 부인, 나가는 길을 안내해 주시오. 우리가
이리저리 흩어지고 나서 오랜 세월이 흘렀소. 여유
를 가지고 그동안 있었던 일들에 대해 묻고 대답합
시다. 그동안 우리가 맡았던 역할에 대해서 말이오.
어서 안내하시오.   〔퇴장〕

211

《겨울 이야기》 재미나게 읽기

《겨울 이야기》는 셰익스피어의 순수한 창작물이 아니라 당시 상당히 인기 있던 작가 로버트 그린의 목가적인 산문 〈판도스토〉로부터 기둥 줄거리를 빌린 것으로 알려져 있다. 로버트 그린 역시 신화에 깊은 관심을 보였던 작가이다. 하지만 셰익스피어가 〈판도스토〉의 내용을 그대로 빌려 연극의 대본으로 만든 것은 아닐 것이다. 신화에 깊은 관심을 보이고 있던 셰익스피어가 자신의 의도에 따라 상당 부분 손질했을 수도 있고, 원작과는 다른 결말을 선택했을 수도 있을 것이다. 실제로《겨울 이야기》는 〈판도스토〉의 줄거리를 따르면서도 사건 발생 무대는 180도로 바꾸어 놓고 있다. 말하자면 시칠리아와 보헤미아가 뒤바뀌어 있는 것이다.

그리스 신화를 잘 아는 사람이면《겨울 이야기》를 읽으면서 이야기의 흐름을 어느 정도 어림짐작하는 것도 가능하다. 나도 그런 사람 중 하나이다. 나의 어림짐작이 빗나가지 않고 셰익스피어의 의중과 일치할 경우 나는 재미를 느낀다. 바로 이 때문에 나의 《겨울 이야기》 읽기는 굉장히 행복한 경험이었다.

나의 경험담이 독자들의 셰익스피어 읽기에 도움이 되기를 바란다.

　자, 《겨울 이야기》는 시칠리아 왕궁에서 시작된다. 시대적 배경은 기원전이었던 것으로 보인다. 물론 9세기에야 등장하는 '러시아'라는 나라 이름, 16세기를 살다 간 화가 이름이 등장해서 우리를 헷갈리게 하지만 대체로 시칠리아가 '대大 그리스'에 속해 있을 때의 일로 보인다. 왕의 이름은 레온테스, 왕비의 이름은 헤르미오네이다. 그런데 이 왕궁에는 손님이 와 있다. 레온테스 왕과는 어릴 적부터 친구 사이였던 보헤미아 왕 폴릭세네스가 바로 그 손님이다. 폴릭세네스가 자기 나라 보헤미아로 떠날 때가 되자 레온테스 왕은 좀 더 머물다 갈 것을 간청한다. 하지만 폴릭세네스는 가야 한다고 우긴다. 그런데 아름다운 왕비 헤르미오네가 왕을 대신해서 간청하자 폴릭세네스는 마음을 바꾼다. 헤르미오네의 간청을 받아들여 좀 더 머물다 가기로 결심하는 것이다. 이것을 본 레온테스의 기분은 어땠을까? 질투가 났을 것이다. 나는 이 대목에서 벌써 갈등과 비극의 조짐을 읽었다.

　어떻게 읽었을까? '헤르미오네'라는 이름 때문이다. '헤르미오네'라는 이름은 그리스 신화에 등장한다.

　자, 이제 《겨울 이야기》의 도입부는 잠깐 잊어버리고 아득한 옛날 그리스 땅의 도시국가 스파르타로 무대를 옮겨 가 보기로 한다. 미국 작가 토머스 불핀치가 쓴《그리스 로마 신화》에 나오는 글이다.

펠레우스와 테티스가 결혼했을 때 신들은 모두 이 혼인 잔치에 초대받았다. 그러나 불화의 여신 에리스만은 초대를 받지 못했다. 에리스 여신은 따돌림을 당한 데 앙심을 품고 혼인 잔치 자리에다 황금 사과 한 알을 던졌다. 그 사과에는 "가장 아름다운 여신께"라는 글이 씌어 있었다. 그 사과를 본 헤라 여신과 아프로디테 여신과 아테나 여신은 서로 그 사과가 자기 것이라고 주장했다. 이 같이 미묘한 문제에 끼들고 싶지 않았던 제우스 신은 이 세 여신들을 이데

코르넬리스 코르넬리조의 〈펠레우스와 테티스의 결혼 피로연〉.
에리스가 불화의 사과를 던진 현장이다. 트로이아 전쟁 영웅 아킬레우스는 바로 이 둘의 아들이다.

산으로 데려갔다. 그 산에는, 잘생긴 양치기 파리스가 양에게 풀을
먹이고 있었다. 제우스는 이 파리스에게 심판을 맡기려 한 것이다.
여신들은 곧 파리스 앞에 나타났다. 헤라 여신은 권력과 재물을, 아
테나 여신은 전장에서의 명예와 명성을, 아프로디테 여신은 인간 세
상에서 가장 아름다운 여자를 아내로 삼게 해주겠다면서 각기 자기
에게 유리한 심판을 부탁했다. 파리스는 아프로디테 여신의 제안이
가장 마음에 들어 이 여신에게 황금 사과를 바쳤다. 이로써 파리스

는 헤라 여신, 아테나 여신과는 적이 되었다. 파리스는 아프로디테 의 보호 아래 그리스 땅으로 건너가, 스파르타 왕 메넬라오스로부터 따뜻한 영접을 받았다. 그런데 스파르타 왕비 헬레네는, 아프로디테 여신이 파리스에게 주겠다고 약속했던 바로 그 '인간 세상에서 가 장 아름다운 여자' 였다. (중략)

파리스는, 아프로디테의 도움으로 헬레네를 꾀어 낸 뒤 함께 궁 궐에서 빠져 나와 트로이아로 가 버렸다. 이 때문에 저 유명한 트로 이아 전쟁이, 호메로스와 베르길리우스가 쓴 고대의 가장 위대한 서사시의 글감이 된 트로이아 전쟁이 터진 것이다.

정리해 보면 이렇다. 메넬라오스와 헬레네 사이에, 한때 양 치기 노릇을 한 적이 있는 트로이아의 왕자 파리스가 껴들었다, 파리스는 헬레네를 꾀어 트로이아로 데리고 갔다, 메넬라오스 는 질투의 화신이 되어 온 그리스 땅의 장군들을 모아들여 트로 이아를 침공했는데 이것이 바로 트로이아 전쟁이……. 이렇 게 된다.

바람이 난 나머지 지아비를 배신하고 트로이아로 떠날 당시 헬레네에게는 딸이 하나 있었다. 물론 메넬라오스와 헬레네 사 이에서 난 딸이었다. 이 딸의 이름이 바로 헤르미오네이다. 어 머니 헬레네로부터 버림받고, 아버지가 일으킨 트로이아 전쟁 때문에 엄청난 고생을 겪는 아주 비극적인 여성이다.

자, 시칠리아 궁전에서도. 스파르타 궁전에서 벌어졌던 것과 거의 똑같은 일이 벌어지고 있다. 레온테스와 헤르미오네 사이에 폴릭세네스가 껴든다. 레온테스 왕은 헤르미오네와 폴릭세네스 사이를 의심한다. 《겨울 이야기》의 도입부는 바로 이 '헤르미오네'라는 이름으로써 파국의 조짐을 예고하고 있는 것이다. 왜 셰익스피어는 삼각관계의 한가운데 선 왕비의 이름을 하필이면 '헤르미오네'라고 했을까? 메넬라오스와 헬레네 사이에서 난 딸의 이름을 여주인공 이름으로 쓴 까닭이 있을 터이다. 나는 셰익스피어가, 신화를 잘 아는 관객들에게 갈등 관계를 암시하려고 비운의 스파르타 여인 이름을 썼을 것이라고 생각한다. 스파르타 헤르미오네를 잘 알고 있는 관객들은, 시칠리아의 헤르메오네가 처하는 비슷한 갈등 관계에 특별한 재미를 느꼈을 터이다. 극작가와 관객의 이런 교감은 저자와 독자 사이에도 발생한다. 저자가 고전(텍스트)을 이용해서 슬쩍 암시하면 독자는 그 텍스트가 암시

세상에서 가장 아름다운 여성이었다는 헬레네.
그리스 여성들 일부의 가장 두드러진 특징 중 하나는 코가 이마에서 흘러내리는 듯하다는 점이다. 콧등이 푹 꺼져 있는 우리와는 다르다..

하는 문맥(콘텍스트)을 따라 읽으면서 재미를 느끼는 것이다. 종교학자들의 주장에 따르면, 종교에 빠진 사람들이 종교에서 헤어나지 못하는 것은 '신비 참여 체험' 때문이다. 이 '신비 참여 체험'은 오로지 종교에서만 가능하다. 그렇다면 독서는 어떨까? 나는 독서를 좋아하는 사람들이 좋은 책을 탐독하는 것이 '문맥에 참여하는 재미의 체험' 때문이 아닐까 종종 생각한다. 셰익스피어의 연극을 보면서 혹은 텍스트를 읽으면서 오비디우스의 텍스트를 떠올리는 재미는 참으로 별난 경험이다. 나는 셰익스피어의 텍스트에서 자주 신화의 편린을 찾아내고는 한다.

나는 《겨울 이야기》 읽기에 들어가면서 시칠리아 왕비의 이름 헤르미오네와 스파르타의 공주 이름 헤르미오네를 동일시하는 것에서부터 재미를 느낀다. 모르기는 하지만 셰익스피어 시대의 영국 관객들도 두 여성의 이름을 동일시할 수 있었을 것이다. 하지만 우리 나라에서는 《겨울 이야기》의 '헤르미오네'가

'허미오니', '허마이어니' 혹은 '허미오네'로 음역되고는 한다. 나는 이런 음역에 찬성하지 않는다. 영어 발음에 충실하게 번역하는 것은 좋은데, 스파르타 헤르미오네와 시칠리아 헤르미오네를 동일시하는 데서 발생하는 재미를 빼앗아 버리기 때문이다. 나는 옳고 그들은 그르다고 주장하려는 것이 아니다. 예전과는 달리 그리스와 로마의 신화 읽기, 그리스와 로마의 문화 읽기는 우리나라에 꽤 광범위하게 퍼져 있다. 그래서 나는 그리스와 로마의 고유명사는 그리스식, 로마식으로 되돌려 놓으려고 한다. 여기에는 이유가 있다. 우리는 그리스 및 로마의 고유명사에 그리스식, 로마식으로 익숙해져 있기 때문이다.

한 가지 예만 더 들겠다. 《겨울 이야기》 후반부에는 아우톨뤼코스라는 인물이 등장한다. 신화를 읽은 사람들은 이 아우톨뤼코스가 누구인지 잘 알고 있다. 태어난 지 닷새 만에 소 50마리를 훔친 경력이 있는 상업의 신 헤르메스와 인간 세상의 여인 키오네 사이에서 태어난 아들이다. 아우톨뤼코스는 아버지의 훔치는 재주를 그대로 물려받았는지 뒷날 유명한 도둑이 된다. 아우톨뤼코스가 훔치려고 손만 대면 그 물건이 사람들 눈에 보이지 않게 되었다고 하니, 그 솜씨가 가히 짐작된다. 하지만 꼬리가 긴 것이 탈이었다. 아우톨뤼코스는, 사기술의 귀재인 헤르메스의 피붙이인 것도 보람 없이 시쉬포스의 황소 몇 마리를 훔쳤다가 인간들 중에서 가장 꾀가 많고, 신들을 속여 먹었을 정도로 임기응변에 능숙한 시쉬포스로부터 봉변을 당한다. 트로이아 전쟁 당시 목마를 제작, 그리스 군 승리에 크게 이바지한 당대 최고의 꾀주머니 오뒤쎄우스는 바로 이 아우톨뤼코스의 외손자이다. 꾀보 시쉬포스의 아들이라는 설도 있다.

이런 신화적 사실을 알고 있는 관객은 도둑이자 사기꾼인 아우톨뤼코스가 등장하는 순간부터 어떤 일이 벌어질지 짐작한다. 하지만 이걸 영어식 이름 읽기인 '오톨리커스'로 무대에 올린다면 도둑이자 사기꾼인 아우톨뤼코스와 동일시할 길이 없어진다. 《겨울 이야기》에 나오는 아우톨뤼코스는 그리스 신화의 아우톨뤼코스가 벌일 법한 사기 행각을 매우 비슷하게 벌인다.

나는 신화를 자주 읽는다. 그래서 스파르타 헤르미오네의 운명을 잘 알고 있다. 스파르타 헤르미오네의 운명을 잘 알고 있기 때문에 나는 시칠리아 헤르미오네의 비극적인 운명을 거의 예언할 수 있다. 《겨울 이야기》에 나오는 시칠리아 헤르미오네 앞에는 아주 힘겨운 일들이 기다리고 있을 것이다. 하지만 결말은 어떨까? 헤르미오네는 비극적인 최후를 맞을까? 나는 그렇게 생각하지 않는다. 《겨울 이야기》에 기둥 줄거리를 제공한 로버트 그린의 〈판도스토〉에는 '세월의 승리'라는 부제가 붙어 있다. 헤르미오네는 비극적인 삶을 살게 되겠지만 '세월의 승리'를 통해 행복을 되찾게 되지 않을까 싶은데 어디 두고 보는 수밖에.

《겨울 이야기》 2막 3장에도 그리스 신화의 그림자가 어른거린다. 헤르미오네와 폴릭세네스의 사이를 의심한 나머지 질투심으로 거의 이성을 잃은 레온테스는 아내 헤르미오네를 감옥에 가두어 버린다. 헤르미오네는 감옥에서 딸을 낳는다. 레온테스는 이 아기의 아버지가 자신이 아니라 폴릭세네스일 것이라고 거의 확신한다. 아내가 다른 나라 왕과 부적절한 관계를 맺은 것으로 확신하는 것이다. 이렇게 되면 아기의 목숨이 위태로워질 가능성이 크다. 만일에 폴릭세네스의 자식이라면 레온테

다비드의 〈파리스와 헬레네의 사랑〉.
레온테스 왕의 머릿속에 아내와 폴릭세네스의, 이와 비슷한 밀회 장면이 그려졌을 것이다.

스로서는 앞에다 두고 볼 수 없을 것이기 때문이다. 폴릭세네스에 대한 질투심, 아내 헤르미오네에 대한 배신감에 사로잡힌 레온테스는 신하 안티고누스에게 아기를 갖다 버릴 것을 명한다.

아기를 갖다 버린다……. 신화에 자주 등장하는 이런 이야기를 두고 학자들은 '기아棄兒 모티프'라고 부른다. '아기 버리는 이야기'라는 뜻이다. 헤르미오네가 감옥에서 낳은 딸도 이제 버려질 운명에 처해 있다. 자, 이 아기는 버려진 채 죽음을 당할 것인가? 아니면 누군가의 보호를 받고, 안티고누스의 말마따나 '야성을 버린 늑대나 곰' 같은 짐승의 보호를 받으며 아름다운 처녀로 자랄 수 있을까? 나는 이 아기가 누군가의 보호 아래 곱게 자라 이야기의 후반부에 매우 중요한 인물로 등장할 것이라고 생각한다. 그럴 만한 까닭이 있다. 신화에 등장하는 버려진 아기는 목숨을 잃는 일이 거의 없다. 신화에서는, 후반부에 중요한 인물로 등장시키는 극적 효과를 위해 아기가 버려지게 하는 것이다. 그리스 신화에 등장하는 가장 위대한 영웅 헤라클레스도 어릴 때 버려진 적이 있다. 디오뉘소스도 어린 시절에 버려져 뉘사 산에서 자랐다. 트로이아 전쟁의 직접적인 불씨를 제공한 파리스도 어린 시절 산에 버려진다. 그리스의 수도 아테네의 북쪽에 있는 키타이론 산은 '어린 시절의 영웅이 버려지는 산'이라고 불릴 정도이다.

《겨울 이야기》의 이 대목에는 오이디푸스 신화의 그림자가 어른거린다. 오이디푸스 이야기 역시 '아기 버리기 모티프'로 시작된다. 토마스 불핀치의 《그리스 로마 신화》는 오이디푸스가 버려지는 대목을 이렇게 쓰고 있다.

테바이 왕 라이오스는, 새로 태어나는 아들이 장성하면 그 아들 때문에 생명과 왕위가 위태로워질 것이라는 신탁을 받았다. 그래서 왕은 아들이 태어나자마자 이 아들을 어느 양치기에게 맡기고는, 적당한 방법으로 죽여 버릴 것을 명했다. 그러나 양치기는 죽이기엔 너무 가엾고 그렇다고 왕명을 어기자니 두렵고 해서 아이의 다리를 묶어 나뭇가지에다 매달아 두었다.

라이오스 왕의 아기는 이렇게 버려졌다. 신화를 조금 읽은 사람들은 아기가 버려진 채 목숨을 잃을 것이라고는 생각하지 않는다. 버려진 헤르미오네의 딸이 목숨을 잃지 않듯이 라이오스 왕의 아기도 목숨을 잃지 않는 것이다. 신화를 읽은 사람들은 아기가 누구의 손에 어떻게 구해지느냐에 관심을 가질 뿐이다. 위의 신화 책은 이 이야기를 이렇게 잇고 있다.

아이는 나뭇가지에 매달린 상태로 농부에게 발견되었다. 농부는 이 아이를 풀어 지주地主 부부에게 데리고 갔다. 지주 부부는 이 아이를 양자로 삼고, (묶인 채 나뭇가지에 달려 있느라고 발이 통통

부은) 아이 이름을 '오이디푸스'라고 했다. 이 말은 '부은 발', 즉 '발이 부은 아기'라는 뜻이다.

라이오스 왕의 아들이 농부 덕분에 목숨을 건지고 '오이디푸스'라는 이름을 얻듯이 헤르미오네의 딸도 양치기 덕분에 목숨을 건지고 '페르디타'라는 이름을 얻는다. '잃어버린 아기'라는 뜻이란다. 그런데 왕으로부터 헤르미오네의 딸을 버리라는 명을 받은 사람의 이름 '안티고누스'도 나의 흥미를 자극한다. 나는 《겨울 이야기》에 오이디푸스 이야기의 그림자가 어른거린다고 썼지만 그 그림자가 어른거리는 정도가 아니다. 레온테스 왕에게 박박 대드는 것도 서슴지 않는 이 안타고니스트(반골 신하) 안티고누스는 결국 헤르미오네의 어린 딸을 데리고 무대에서 사라진다. 나는 이렇게 사라지는 안티고누스의 뒷모습에서 신화에 등장하는 한 여성의 뒷모습을 떠올린다. 누구일까? 제 손으로 눈을 찔러 눈이 멀어 버린 오이디푸스를 부축, 테바이를 쓸쓸하게 떠나는 여성이다. 오이디푸스의 딸이기도 하고 누이이기도 한, 운명 참지겁게 기구한 여성 안티고네이다. '안티고누스'는 이 여성의 이름 '안티고네'의 남성형男性型이다. 나는 《겨울 이야기》의 기둥 줄거리를 만든 로버트 그린이나 셰익스피어가 소포클레스의 비극 《오이디푸스 왕》을 읽었을 것으로 짐작했다. 이제 이 짐작은 확신으로 굳어지고 있다.

감옥에 갇혔던 헤르미오네는 어찌 되었을까? 헤르미오네에게는 아들이 있었다. 페르디타보다 먼저 낳은 아들 마밀리우스다. 감옥에 갇혀 있던 어머니 헤르미오네는 법정으로 끌려 나온다. 레온테스 왕이 부정한 죄 저지른 혐의를 씌워 아내를 기어이 법정에 세운 것이다. 그렇지 않아도 병약하던 마밀리우스는 어머니가 재판을 받고 있다는 소식을 듣고는 충격을 받고 그만 숨을 거두고 만다. 어머

장님이 된 오이디푸스와, 딸이자 누이인 안티고네. 도미니크 장 바티스트 위그. 프랑스 파리, 루브르 박물관.

니 헤르미오네도 아들이 숨을 거두었다는 소식을 듣고는 기절한다. 아들을 잃고 나서야 겨우 이성을 되찾은 레온테스는 비로소 아내 걱정을 한다. 그래서 파울리나로 하여금, 기절한 아내 헤르미오네를 따로 돌보게 한다. 그로부터 오래지 않아 파울리나는 레온테스 왕에게, 헤르미오네가 숨을 거두었다는 슬픈 소식을 전한다. 레온테스 왕은 먼저 숨을 거둔 아들과 함께 묻어줄 것을 명한다. 헤르미오네는 이 순간부터 무대에서 사라진다. 다소 싱거운 무대 퇴장이다.

그로부터 16년이라는 긴긴 세월이 흐른다. 레온테스는 이 긴긴 세월을 양심의 가책으로 살아가다가 우여곡절 끝에 마침내 딸 페르디타를 찾아낸다. 페르디타는 이때 이미 플로리젤이라는 청년과 사랑에 빠져 있다. 플로리젤은 보헤미아의 왕자이다. 바로 폴릭세네스의 아들이었던 것이다.

딸을 되찾은 레온테스 왕은 아내 헤르미오네의 죽음에 대해 더욱 더 뼈아픈 죄의식을 느낀다. 헤르미오네의 모습을 한번이라도 딸에게 보여줄 수 있다면 더 이상 소원이 없겠다 싶었을 것이다. 그런데 이때 파울리나 부인의 집에 헤르미오네의 대리석상大理石像이 있다는 소식이 들린다. 대리석상의 제작자가 실명으로 거론되기까지 한다. 신화를 소재로 많은 작품을 남긴 이탈리아 화가 줄리오 로마노가 바로 그 대리석상의 제작자라는 것이다. 레온테스는 딸 페르디타를 데리고 파울리나 부인의 집으로 간다. 레온테스는 아내를 새긴 대리석상 앞에서 숨이 멎는 듯한 충격을 받는다. 조각이 숨을 쉬는 듯한 느낌도 받게 된다. 그래서 "얼마나 섬세한 끌을 썼기에 숨결까지 조각할 수 있느냐."라고 탄성을 내지른다. 그런데 기적이 일어난다. 헤르미오네가 왜 그토록 싱겁게 무대에서 퇴장해 버렸는지 이 기적으로 분명해진다. 이 기적은 내가 예상했던 기적이다. 이 기적의 내용에 대해서는 일일이 설명하지 않겠다. 나는 〈퓌그말리온 이야기〉로써 설명을 대신하겠다. 이 이야기는 음유시인이 들려주는 노랫말 형식으로 오비디우스의 《변신 이야기》에 실려 있다. 그 음유시인은 바로 오르페우스이다. 로마식 표기는 그리스식으로 바꾸었다.

이렇게 사악한 삶을 사는 여자들을 본 퓌그말리온은 자연이 여성들에게 지워 놓은 수많은 약점이 역겨웠던 나머지 오랫동안 여자를 집안에 들이지 않고 독신으로 살았다. 그러나 정말 혼자 산 것은 아니고 더할 나위 없이 정교한 솜씨로 깎은, 눈 같이 흰 여인의 상아상象牙像과 함께 살았다. 퓌그말리온 자신이 깎은 그 상아상은 세상의 어떤 여자보다도 아름다웠다. 그래서 그랬겠지만 퓌그말리온은 자기 손으로 깎은 그 상아상을 사랑했다. 상아상은 살아 있는 여인이 가진 모든 것을 갖추고 있었다. 상아상은 언제 보아도 살아 있는 것 같았고, 언제 보아도 금방이라도 움직일 것 같았다. 상아상

을 깎은 솜씨는 실로 인간의 솜씨로는 믿어지지 않을 만큼 신묘했
다. 퓌그말리온은 틈만 나면 상아상을 정신없이 바라보았다. 그의
가슴에서는, 인간의 형상을 본떠 깎아 만든 상아상에 대한 사랑이
샘솟았다. 그는 자주, 그것이 정말 상아로 되어 있는지, 아니면 인
간의 살갗인지 확인하고 싶어 쓰다듬어 보고는 했다. 그러고는 그
것이 상아상이라는 것을 확인할 때마다 쓸쓸해하고는 했다. 퓌그말
리온은 상아상에 입을 맞추면서는 상아상이 입맞춤에 화답하기를
바랐다. 그는 상아상에게 말을 걸기도 하고, 상아상을 껴안기도 했
으며, 어쩌면 눌렀던 자국이 생길지도 모른다는 생각에서 손가락으
로 상아상의 살갗을 꼭 눌러 보기도 했다. 그러나 혹 상처가 생길지
도 모른다는 생각에서 너무 세게는 누르지 않았다.

▲ 장 르뇨의 〈아프로디테 여신에게 기도하는 퓌그
말리온〉. 프랑스, 베르사유 박물관.

◀ 브론지노의 〈퓌그말리온과 갈라테이아〉.
오비디우스가 묘사한 것과 비슷한 제단이 보인다.

에티엔 팔코네의 〈퓌그말리온과 갈라테이아〉, 프랑스 파리, 루브르 박물관. ⓒ Kwine Lee

상아상을 상대로 아첨 섞인 말을 할 때도 있었다. 때로는 처녀들이 좋아할 만한 것들, 가령 조개껍데기나 반짝거리는 조약돌, 예쁜 새, 갖가지 색깔의 꽃, 색칠한 공, 호박 구슬 같은 것들을 선사하기도 했다. 상아상에다 옷을 입혀 주는가 하면 손가락에는 반지를 끼워 주고, 목에는 긴 목걸이를 걸어 주기도 했다. 상아상의 귀에는 귀고리가 걸려 있기도 했고, 목에는 목걸이가 젖가슴 위로 늘어져 있기도 했다. 모든 장신구는 아름다운 상아 처녀에게 잘 어울렸다. 그러나 가장 아름다울 때는 역시 아무것도 걸치고 있지 않을 때였다. 퓌그말리온은 튀로스 물감으로 염색한 보라색 천을 씌운 긴 의자에 이 상아 처녀를 눕히고, 그렇게 하면 처녀가 고마워하기라도 할 것처럼 머리 밑에는 베개를 받쳐 주기도 했다. 그렇게 해 놓고 상아 처녀를 자기의 반려라고 짐짓 불러 보기도 했다.

온 퀴프로스 섬이 다 떠들썩해지는 아프로디테 축제 때의 일이다. 뿔에다 꽃다발을 건 백설 같은 송아지들은 제단 앞에서 흰 목으로 도끼날을 받고 무수히 쓰러졌다. 제단에서 향 연기가 오르자 퓌그말리온은 제 몫의 제물을 드리고 제단 앞에서 더듬거리는 어조로 기도했다.

"신들이시여, 기도하면 만사를 순조롭게 하신다는 신들이시여, 바라건대 제 아내가 되게 하소서, 저……."

퓌그말리온은 "상아 처녀를……." 하려다 차마 그럴 용기가 없어 "상아 처녀 같은 여자를……."이란 말로 기도를 끝내었다.

축제를 맞아 그 제단으로 내려와 제물을 흠향하고 있던 아프로디테 여신은 그 기도의 참뜻을 알아차리고, 그 기도를 알아들었다는 표적으로 불길이 세 번 하늘로 치솟게 했다.

집으로 돌아온 퓌그말리온은 바로 상아 처녀에게 다가가 그 긴 의자에 몸을 기대고 상아 처녀의 입술에다 자기 입술을 대었다. 그런데 퓌그말리온의 입술이 닿은 처녀의 입술에 온기가 있는 것 같았다. 그는 화들짝 놀라 입술을 떼었다가는 다시 입술을 대고 손으로는 가슴을 쓰다듬어 보았다. 놀랍게도 그의 손가락 끝에서, 그 딱딱하던 상아가 부드러워지기 시작했다. 상아에는 그의 손가락 자국이 선명하게 찍히기 시작했다. 흡사 태양의 열기에 부드러워져, 사람의 손끝에서 갖가지 모양이 빚어지는 휘메토스 산 밀랍 같이.

깜짝 놀란 퓌그말리온은 그 자리에서 벌떡 일어섰다. 자기가 무슨 착각을 하고 있다고 생각한 것이다. 기뻐하기에는 믿어지지 않는 구석이

장 제롬의 〈퓌그말리온과 갈라테이아〉.
갈라테이아의 윗몸에 생기가 돌지만 다리에는
아직 핏기가 없다.

232

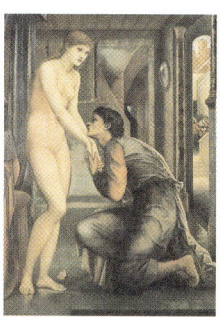

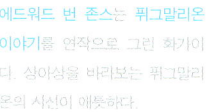

에드워드 번 존스는 퓌그말리온
이야기를 연작으로 그린 화가이
다. 상아상을 바라보는 퓌그말리
온의 시선이 애틋하다.

아프로디테의 손길이 상아상에
닿는 순간이다.

상아상이 좌대에서 내려섰다. 이
제는 상아상이 아니라 아름다운
여인 갈라테이아이다.

너무 많기도 했다. 그래서 그는 몇 번이고, 아내 삼기를 바라던 상
아 처녀의 살갗을 만져 보았다. 그러나 사실이었다. 상아 처녀의 몸
은 분명히 인간의 몸이 되어 있었다. 그가 손가락을 대자 처녀의 몸
속에서 뛰는 맥박이 선명하게 손가락 끝으로 느껴졌던 것이다. 파
포스 사람 퓌그말리온은 수다스럽게 아프로디테 여신에게 감사 기
도를 드렸다. 한동안 감사 기도를 드리던 퓌그말리온이 그래도 믿
어지지 않았던지 상아 처녀에게 다시 입을 맞추자 상아 처녀는 입
맞춤에 화답하면서 얼굴을 붉혔다. 처녀는 수줍은 듯이 눈을 뜨고
는 사랑하는 사람과 날빛을 동시에 올려다보았다. 이들의 혼례식에
는, 그 혼례식을 있게 한 아프로디테 여신이 친히 내려왔다. 달이
아홉 번을 차고 기울자 퓌그말리온의 신부(갈라테이아)는 아들을

낳았다. 둘은 아기 아버지의 고향 땅 이름인 '파포스'를 아기의 이름으로 삼았다.

그리스 신화는 오래된 것이다. 호메로스가 기원전 10세기(또는 8세기)의 사람으로 추정되니 신화는 그보다 더 오래된 것이다. 그리스 사람들은 아득한 옛날부터 신화에 담겨 전해지는 온갖 주제를 질그릇에 그리거나 대리석에 새겼다. 위에서 소개한 배신과 질투, 아기 버리기, 대리석으로의 변신, 혹은 사람으로의 변신 같은 주제들은 로마 시대에는 로마에서, 중세 이후에는 유럽에서 끊임없이 그려지고 새겨졌다. 근 3천 년 동안이나 끊임없이 그려지거나 새겨졌다는 것은 시대에 따라 달리 해석되거나 원용(끌어다 씀)되었다는 뜻이다. 시대에 따라 달리 해석되거나 원용되었다는 것은 신화의 주제들이 인간의 꿈과 진실을 에둘러 표현하는 데 여전히 유용했다는 뜻이다.

셰익스피어의 작품 가운데 그리스와 로마의 신화 및 문화와 관련된 작품이 무려 14편이나 된다. 그리스와 로마 신화 및 문화는 16, 7세기 셰익스피어의 시대에도 여전히 유효했던 모양이다.

《셰익스피어와 영상 문화》는, 영화로 제작된 셰익스피어의 작품을 무려 50편이나 소개하고 있다. 여기에는 만화 영화도 포함되어 있다. 최초로 영화가 제작된 것은 1909년의 일이다.

이 책에 소개된 작품만 해도 《리어 왕》은 무려 8번, 《오델로》는 6번이나 다시 제작되어 우리를 놀라게 한다. 《겨울 이야기》도 1994년에 만화 영화로 제작된 적이 있다고 한다. 또 한 가지 놀라운 것은 전혀 다른 제목으로 영화화된 셰익스피어 작품도 있다는 것이다. 말하자면 줄거리와 주제만 원용하되 시대도 바꾸고 무대도 바꾼 작품을 말한다. 그런 작품의 목록도 20여 가지나 이 책은 싣고 있다. 고대 신화가 그렇듯이 셰익스피어 역시 셰익스피어 시대뿐만 아니라 오늘날에도 다양하게 다시 해석되고, 새로운 모습으로 우리 앞에 모습을 드러내고 있다는 것이다. 이것은 16, 7세기를 살던 셰익스피어가 21세기를 사는 우리에게 여전히 유효할 수 있다는 뜻일 터이다. 고대 신화에 대한 약간의 소양 없이는, 각색되거나 줄거리가 원용된 셰익스피어 작품에서 고대 신화의 냄새를 맡아 낼 수 없듯이, 셰익스피어를 읽지 않고는, 제목이 바뀌거나 각색되거나 줄거리가 원용된 현대의 작품에서 셰익스피어의 냄새를 맡아 낼 수 없다. 이제 우리도 우리 것처럼 누리는 유럽의 문화는 호메로스의 서사시에서, 그리스의 희·비극을 거치고 오비디우스와 플루타르코스를 거쳐 셰익스피어에 이르러 있다. 이것이 문화다. 인간의 꿈과 진실을 관통하는 보편적 가치는 세월이 가도 쉬 바뀌지 않는다는 의미에서 우리가 사는 이 시대는 셰익스피어의 시대일 수도 있다.

이 말은 우리가 사는 이 시대가 신화시대일 수도 있다는 뜻이다.

번역 과정도 밝혀둔다. 셰익스피어의 영어는 읽기가 쉽지 않다. 번역하기도 쉽지 않은 것은 물론이다. 셰익스피어가 쓴 영어는 현대 영어가 아니라 지금부터 자그마치 400여 년 전의 영어이기 때문이다. 셰익스피어가 쓴 무수한 단어들이 지금은 쓰이지 않거나 전혀 다른 뜻으로 쓰이고는 한다. 현대의 영어 사전에는 나오지 않는 단어들도 무수하다. 그래서 한 문장, 한 낱말에 대해서도 무수한 해석이 있다. 판본도 무수하다. 셰익스피어를 번역하면서 우리가 참고한 판본만 해도 10여 가지에 이른다.

우리는 영문학자들이 아니다. 이 역서는 우리의 연구 성과가 아니다. 우리는 학문적으로 셰익스피어에 접근하는 대신 철저하게 '읽히는 셰익스피어'를 만들고자 했다. 그래서 각주나 미주를 달고 싶은 유혹도 억눌러야 했다. 각주나 미주는 독자들의 가독성을 떨어뜨릴 우려가 있다는 판단 때문이었다. 그러나 이것은 우리가 원작을 훼손하거나 왜곡했다는 뜻이 아니다. 여러 가지 해석 중에서 '읽히는 셰익스피어' 쪽으로 기우는 해석을 선택했다는 뜻이다. 거의 현미경 수술에 가까운 번역 쪽으로 기울지 않으려고 했다는 뜻이지, 이로써 혹 있을지도 모르는, 부정확하게 번역한 허물의 면죄부를 삼겠다는 뜻도 아니다. '정확한 셰익스피어'를 원하는 독자들에게는 이 방면의 전문가들이 번역한 셰익스피어가 있다.

공역共譯에 대한 오해가 있을까봐 밝혀 둔다. 사제지간이나 선후배 간의 공역은 실제 번역 작업은 제자나 후배가 하고, 스승이나 선배는 그 작업 성과를 추인하는 일이 종종 있다는 오해가 있다. 스승이나 선배는 실제로는 감수자인데도 공역자로 이름이 앞선다고 믿는 사람들도 있다.

그러나 우리(이윤기와 이다희)의 공역 작업은 그렇지 않다. 최초의 번역 작업은 셰익스피어 영어에 꽤 익숙한 철학도 이다희의 손에서 이루어진다. 이다희의 번역 원고에는 무수한 각주, 해석자들의 의견이 붙어 있다.

이다희의 번역 원고를 전송 받은 뒤부터 이윤기의 작업이 시작된다. 이윤기는 이다희의 번역을, 영국 톰슨(Thomson) 사의 《아든 셰익스피어(The Arden Shakespeare)》의 원문 및 주석과 일일이 대조하고, 이다희의 번역 원고에다 의견(다른 해석, 다른 역어)을 덧붙인다. 이렇게 해서 약 60퍼센트 늘어난 원고는 다시 이다희에게 전송된다. 이다희는 이윤기의 다른 해석, 다른 역어를 검토하고, 승복할 것인지 거부할 것인지 검토, 수정하고는 다시 이윤기에게 전송한다. 이윤기는 1947생, 이다희는 한세대 늦은 1980년생이다. 부녀지간이지만 두 사람의 표현법은

절충이 필요하다. 절충 과정이 서너 차례 되풀이되어야 최종 원고가 출판사로 전송된다. '최종 원고'라고 썼지만, 아직은 완벽한 번역 원고라고 하지 않겠다. 컴퓨터 덕분에 개정판 내는 일이 어렵지 않게 되었다. 명백한 오역은 발견되는 대로 고쳐 글자 그대로 '최종 원고'에 두고두고 접근할 생각이다.

두려웠다. 200여 권의 번역서를 내었지만 이렇게 두려워 보기는 처음이다. 귀족의 숲에서 사슴을 밀렵하고 셔우드 숲으로 숨어들어 간 로빈 후드를 생각했다. 칼바람 부는 벌판에 서는 기분으로 원고를 보낸다.

2005년 3월
이윤기

윌리엄 셰익스피어 William Shakespeare

1564년	존 셰익스피어와 메리 아든 사이에서 맏아들로 태어남.
1590~1592년	《헨리 6세》3부작
1592~1593년	《리처드 3세》《실수 연발》
1593~1594년	《티투스 안드로니쿠스》《말괄량이 길들이기》
1594~1595년	《베로나의 신사》《사랑의 헛수고》《로미오와 줄리엣》
1595~1596년	《리처드 2세》《한 여름 밤의 꿈》
1596~1597년	《존 왕》《베니스의 상인》
1597~1599년	《헨리 4세》2부작 《헛소동》《헨리 5세》
1599~1600년	《줄리어스 시저》《당신 뜻대로》《십이야》
1600~1601년	《햄릿》《윈저의 즐거운 아낙네들》
1601~1602년	《트로일루스와 크레시다》
1602~1604년	《끝이 좋으면 다 좋다》《이에는 이》
1605~1606년	《오셀로》《리어 왕》《맥베스》
1606~1607년	《안토니와 클레오파트라》
1607~1608년	《코리올라누스》《아테네의 티몬》
1608~1610년	《페리클레스》《심벨린》
1610~1613년	《겨울 이야기》《폭풍》《헨리 8세》
1616년 4월 23일	고향 스트랫퍼드에서 사망(52세).